Drutmar Cremer

Nanu!
Was sagt dazu wohl Benedikt?

Nanu!
Was sagt dazu wohl Benedikt?

Anekdoten
aus Benediktinerklöstern

mit Augenzwinkern erzählt von
Drutmar Cremer

heiter
ins Bild gesetzt von
Lukas Ruegenberg

BEURONER
KUNSTVERLAG

Satz und Druck: Beuroner Kunstverlag, Beuron.
Einband: Großbuchbinderei J. Spinner, Ottersweier.

ISBN 3-87071-067-5

Dem dankbaren Andenken
der Schwestern und Brüder,

die in unseren Klöstern
in Treue und Hingabe gelebt haben

und die zu ihrer unverwechselbaren,
eigenen Mitte gefunden haben

in Originalität und Heiterkeit und –
im Glauben an Sinn

Ein Wort zuvor – unter Lächeln

Jeder Mensch, gleich welcher Herkunft und welchen Standes, fühlt in sich den Ruf, sein Leben in Freude und Leid, in hellen Tagen und in alltäglichen Spannungen zu bewältigen und dabei Sinn und Fruchtbarkeit zu erfahren. Davon sind auch jene Menschen nicht ausgenommen, die in einer besonderen Weise auf der Suche nach Gott sind: die Mönche und Nonnen, die unter der Regel ihres Mönchsvaters Benedikt leben. Ihr Dasein hat einen immer wiederkehrenden Rhythmus von Gebet und Arbeit auf engem Lebensraum, getragen von ihren klösterlichen Gepflogenheiten im Alltag und an Festen. Sie haben sich zu Gehorsam verpflichtet und zu brüderlich-schwesterlicher Verbundenheit in Liebe. Sie stehen unter dem Wort und Ruf Gottes und unter der Regel Benedikts. – Natürlich erleben auch sie freudige Höhepunkte, aber ebenfalls Spannungen, Krisen und Neuanfänge. Auch sie bleiben Menschen, die unterwegs sind zu letztgültigen Zielen. Es mag interessant und aufschlußreich sein, wie manche unter ihnen in einer recht

eigenständigen, höchst originellen, bisweilen sogar drolligen Weise ihren Glaubensweg im Kloster bestanden haben: mit Humor und mit dem feinen Lächeln, das vor allem den Nachdenklichen häufig zu eigen ist.
Der Mensch, der trotz aller ernsten Zielrichtung zu lächeln vermag und die Begegnungen mit seiner Umwelt in Humor und Gelassenheit besteht, entwickelt damit eine zutiefst humane Eigenschaft: Souveränität, eine innere Freiheit, die fähig macht, die Realitäten in Welt, Kirche und Kloster zu erkennen und vertrauensvoll damit umzugehen – ohne an Schwierigkeiten zu zerbrechen.
Wenn wir hier versuchen, heitere Anekdoten aus dem Lebensraum benediktinischer Geistigkeit zu erzählen, so handelt es sich nicht einfach um witzige Episoden, sondern eigentlich um die tiefer reichende Frage, wie Mönche und Nonnen zu ihrer Zeit und mit ihrer ganz persönlichen Eigenart Gott und der Welt begegnet sind. Sie taten es gelassen und schlagfertig, nachdenklich, heiter und melancholisch zugleich, geformt von ihrer ursprünglichen Herkunft und durch ihre Erfahrungen in einem meist langen und strukturell gleichbleibenden Dasein.
Die meisten dieser Anekdoten stammen aus einer Zeit, die noch nicht geprägt war durch die Hektik, Mobilität und die rasante Schnell-

lebigkeit unserer Gegenwart. Aber sie offenbaren grundlegend Menschlichkeit, sensible Weisheit und eine weitreichende Güte. Hinter allen Begebenheiten stehen anschauliche Erfahrungen suchender Menschen.
Natürlich müßte eigentlich bei dem Versuch, lebendig und warmherzig zu erzählen, auch die sinnenhafte Erscheinung jeder Persönlichkeit zum Tragen kommen: die Gestalt etwa, die Bewegung, der Tonfall der Stimme. In all diesen Ausdrucksformen würde der ganze Fundus der Herkunft, der Entwicklung, der oft langjährig prägenden Arbeit mitschwingen und vieles verstehbarer machen. Aber dennoch – so meinen wir – strömen diese Anekdoten weit über ihre originelle Eigenständigkeit hinaus Vertrauen aus, das Gott und Welt umfaßt, dazu Zuversicht und Freude. Es treten geistliche Menschen ins Licht, die auf der Suche waren und sich unterwegs wußten, aber keineswegs ihrer sicher waren. Sie glaubten jedoch an Sinn. Sie sagten Ja zu all dem, was ihnen zugedacht war und fühlten sich zuletzt unter den Flügeln einer entscheidenden Wirklichkeit, unter der führenden Hand Gottes geborgen. Das macht den verborgenen Charme dieser kurzen Erzählungen aus.

Drutmar Cremer

Pater MICHAEL HOPMANN kam Ende des 19. Jahrhunderts als Kaplan aus Köln nach Maria Laach. Er spielte wohl mit dem Gedanken, Benediktiner in Laach zu werden. Er erreichte die Abtei am frühen Nachmittag, wahrscheinlich nach einer langen Fußwanderung, und betrat die Kirche. Die Patres beteten gerade die Tageshore der Non, damals in Latein und mit aufgesetzter Kapuze. Kaplan Hopman war höchst erstaunt. Als Rheinländer fühlte er sich an die Kölner Narrenkappen erinnert. Er sprach zu sich selbst: »Ja – nun ja! Das sind aber komische Käuze. Die sind ja jeck! Da paßt du hin!« Und er trat ein.

Pater Michael – so heißt es in seinem Lebensbericht, der nach seinem Tod erschien – war ebenso drollig wie vornehm. Diese Charaktereigenschaften offenbarten sich auch in seiner spürbaren Bescheidenheit. Ein Mitbruder gratulierte ihm eines Tages: »Pater Michael, ich freue mich. Wie ich höre, haben Sie eine Professur in Bonn erhalten.« Darauf Pater Michael: »Unsinn, ich habe ein unbezahltes Lektorat über das sehr beschränkte Gebiet der Laacher-See-Gesteine, sonst gar nichts. Jetzt soll ich da einen Artikel schreiben über das Laacher-See-Gebiet.

Ich weiß alles, aber ich kann es nicht formulieren. Mir ist zumute wie einer Ratte, die Gift gefressen hat.«

Pater Michael dozierte viele Jahre an der Universität Bonn über Mineralogie und Petrographie im vulkanischen Gebiet des Laacher Sees. Er galt als Autorität in diesem Bereich der Wissenschaft. Als er älter wurde und er seine Vorlesungen in Bonn wie auch seine Exkursionen um den Laacher See allmählich beenden mußte, wurde ihm eines Tages durch den damaligen Ministerpräsidenten von Rheinland-Pfalz, Peter Altmeier, das Bundesverdienstkreuz überreicht. In der Aula der Laacher Abtei wurde ihm in Gegenwart des Abtes Basilius Ebel, einer Anzahl Laacher Mitbrüder und prominenter Gäste eine Laudatio gehalten und die Auszeichnung mit dem Bundesverdienstkreuz am Halsband überreicht. Pater Michael, gekennzeichnet von nücherner Ehrlichkeit und Bescheidenheit, hatte wohl mit einer solchen Auszeichnung nie gerechnet. In seiner großen, hageren Erscheinung stieg er, wohl noch langsamer in seinen Bewegungen als sonst, auf das Rednerpult und erklärte mit einem feinen Lächeln: »Verehrter Herr Ministerpräsident, Sie haben mich eben ausge-

zeichnet, und ich danke Ihnen. Ja – nun ja! Sie haben mir Komplimente gemacht. Ich soll zur Erforschung des Gesteins im Laacher-See-Gebiet ganz bestimmte Methoden erfunden haben. Wenn ich ehrlich sagen darf: Unsinn ist das! Nicht ich habe diese Methode entwickelt, sondern mein Lehrer in Bonn, Herr Professor Brauns. Und so komme ich mir vor wie ein dekorierter Ochse!« (Der Tonfall einer solchen Erklärung ist noch allen im Ohr, die Pater Michael gekannt haben.)

Seine stark vom Verstand her geprägte Wesensart kam immer mehr zur Geltung. Gemüthafte Erfahrungen lagen ihm offenbar weniger. Für atmosphärische Situationen hatte er kaum ein Organ. Pater Leander gestand ihm: »Pater Michael, ich liebe in einer Gesellschaft unter Menschen die Atmosphäre!« Darauf Pater Michael: »Ja – nun ja! Atmosphäre ist für mich Quatsch!«

Pater Michael – auch das gehört zu seiner bescheidenen Selbsteinschätzung – sah und beurteilte sich selbst so, wie er sich ein Leben lang erlebte. Er war von großer Gestalt, hager, und in seinen Bewegungen bemer-

kenswert langsam. Wenn Pater Michael erschien, etwa vor dem Gottesdienst, konnte der Konvent ganz sicher zum Gottesdienst gemeinsam und geordnet einziehen. Später als er kam wohl niemand. Und keiner wußte das besser als Pater Michael selbst. Eines Tages erlebten die Laacher Mönche eine lebhafte Rekreation. – Dies ist die gemeinsame Erholungszeit, die im Sommer zumeist im Garten verbracht wird. – Es wurde erzählt, eine neue Methode sei erfunden worden, derzufolge man aus der Struktur des Gehirns die Charaktereigenschaften des Menschen ablesen könne. Pater Michael hörte gut zu und sagte dann in seiner gelassenen Art: »Ja – nun ja! Das wäre doch höchst interessant, wenn man nach meinem Tod das Gehirn öffnen würde, um festzustellen, warum ich mein Leben lang so entsetzlich langsam sein mußte.«

Pater Michael war als Weltpriester der Erzdiozese Köln nach Studien bei den Jesuiten in Innsbruck in Laach eingetreten. Im Grunde gehörte er auch von seiner theologischen Ausbildung her zu den Vertretern des 19. Jahrhunderts und ging eigene Wege. Was er in Innsbruck studiert und gelernt hatte, blieb für ihn prägend. Neu aufbre-

chende Tendenzen in der Theologie und im liturgischen Leben konnte er in späteren Jahren kaum noch vollziehen. Sein Wesen war als Naturwissenschaftler zutiefst geprägt von der meßbaren Methode seiner Wissenschaft. Er hatte stark rationalistische Züge. Eines Tages, es war Anfang der fünfziger Jahre, die Osternacht war gerade für die Liturgie der katholischen Kirche neu eingeführt, fragte ihn Pater Leander Klöppel, der das Laacher Ferienhaus auf der sogenannten Schirmau in der Eifel geistlich betreute, ob er nicht Lust habe, ihn in der Osternacht auf der Schirmau zu vertreten. Pater Leander drängte es zur Teilnahme an der Osternacht in der Laacher Abteikirche. Siehe da! Pater Michael hatte gar kein Problem damit. Er erklärte ohne Umschweife: »Ja – nun ja! Ihr Anerbieten nehme ich gerne an. Denn wissen Sie, für mich ist die Osternacht nichts anderes als eine romantische Mimik. Nachts schlafe ich lieber!«

Auch eine andere Episode weist in diese Richtung. Zwei Mitbrüder stritten in den fünfziger Jahren während der Erholungszeit im Garten um den Wert und die Gültigkeit der Mysterientheologie Pater Odo Casels. Pater Michael stand schweigend und demü-

tig daneben. Plötzlich fragte ihn einer der Mitbrüder: »Pater Michael, was sagen Sie dazu?« Er gab bedächtig wie immer die charakteristische Antwort: »Ja – nun ja! Für mich ist das alles ein krauses Zeug.«

Pater Michael war von Natur aus etwas ängstlich veranlagt. Er hatte wie viele Menschen seiner Generation vor allem Respekt vor dem 6. Gebot. Eines Tages unterhielten sich die Laacher Patres in der Rekreation über die Kirchenfenster im Westchor. Zum 800jährigen Weihegedächtnis der Laacher Abteikirche im Jahre 1956 waren neue Fenster eingesetzt worden, darunter im Westchor auch Adam und Eva im Paradies. Pater Michael bemerkte in seiner lakonischen Art: »Ja – nun ja! Die sind ja nackt!« Ein Mitbruder darauf ganz erstaunt: »Aber das steht doch so in der Bibel! Wie soll man sie denn darstellen?« – Pater Michael spontan: »Überhaupt nicht!«

In jenen Jahren waren auch neue Bilder von Bruder Lukas Ruegenberg in der Benediktuskapelle entstanden. Pater Michael hatte etwas zu beanstanden. »Ja – nun ja! Ich darf bemerken, Benedikt und Scholastika sitzen

viel zu nah beieinander!« – Wohlgemerkt! Benedikt und Scholastika waren leibliche Geschwister.

Pater Michael hatte ein ganz eigenes Verhältnis zum Altwerden. Er ließ sich nicht hängen und war bei aller Langsamkeit von zäher Natur. Er liebte als »Steinpater« die Exkursionen im ganzen Umkreis. Eines Tages rief der Bürgermeister der Nachbargemeinde Glees an, Pater Michael sei ganz erschöpft und könnte auch nicht mehr zu Fuß nach Laach zurückkehren. Man möge ihn doch bitte abholen. Pater Michael war etwa 70 Jahre alt. Der Krankenpater fuhr mit seinem Auto nach Glees und erklärte lächelnd: »Pater Michael, Sie sind langsam ein alter Herr geworden!« Pater Michael ganz erstaunt: »So! Ich habe das Altwerden auf 75 festgelegt.«

Pater Michael war während des Krieges Gastpater. Ende des Krieges fielen in Laach zwei Bomben in der Mittagszeit. Im Gastzimmer hielten sich gerade einige Offiziere beim Mahl auf, Laach war ja während des Krieges Kriegslazarett. Als sie das Sausen der Bomben schon in der Luft hörten, sprangen sie als geübte Soldaten unter die Fensterbänke und legten sich auf den Boden. Schon krachte es, die Bomben schlugen in der Nähe des Seehotels in die Wiesen ein. Pater Michael stand ungerührt mitten im Raum und sagte in die Totenstille: »Da ist eine Bombe gefallen.« Das war alles.

In seiner Todeskrankheit wurde Pater Michael von einem jungen Frater versorgt, der ihm das Essen brachte und der nach seinem Zimmer schaute. Es war schlechte Luft im Zimmer, und der junge Frater fragte ganz eifrig: »Pater Michael, soll ich einmal lüften? Im übrigen sind an den Fenstern so viele Fliegen.« Pater Michael ganz energisch darauf: »Um Gottes Willen, lassen sie das Fenster zu, das habe ich schon sieben Jahre nicht mehr geöffnet.« Der Frater war ganz erstaunt und fragte: »Ja, Pater Michael, wie haben Sie denn gelüftet?« Die Antwort: »Ja – nun ja! Das habe ich durch die Tür getan. Im übrigen haben die Fenster ja Ritzen.«

Pater Michael kam ins Sterben. Vater Abt war unterwegs zum Äbtekongreß in Rom. Pater Prior wollte sich des Todkranken liebevoll annehmen. Pater Michael, der gefühlsbetonte Äußerungen nicht so liebte, blieb

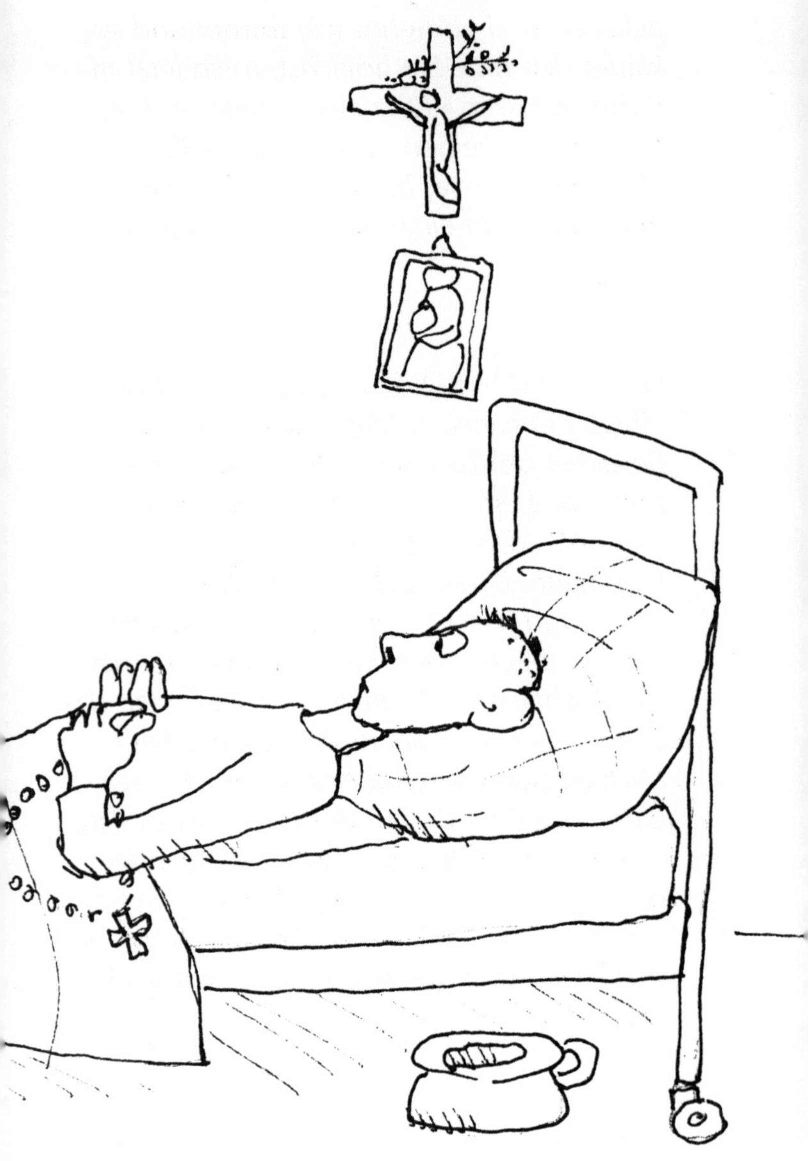

gelassen und vornehm wie immer und erklärte: »Ich bitte Sie höflichst, mich jetzt in Ruhe zu lassen.« Kurz zuvor hatte er dem Infirmar, der seinen Puls fühlen wollte, erklärt: »Ja – nun ja! In Innsbruck habe ich gelernt, daß man einander nicht berühren soll!«

Pater ANSELM ROSS, *langjähriger und befähigter Organist in Maria Laach, der viele Besucher der Laacher Gottesdienste mit seinem Spiel erfreute und erbaute, machte einen Waldspaziergang mit Pater Michael Hopmann. Dieser gehörte zur älteren Generation und hatte festgefügte Moralvorstellungen. Sie begegneten im Wald einem jungen, offensichtlich noch unverheirateten Paar, das engumschlungen seine Wege ging. Pater Michael bemerkte mit einem moralischen Unterton: »Das dürfen die doch nicht!« Pater Anselm, ein froher, lebensnaher Rheinländer, antwortete wie aus der Pistole geschossen lachend: »Aber Pater Michael! Wenn sie verheiratet sind, werden sie es gewiß nicht mehr tun!«*

Pater Anselm wurde eines Tages an die Laacher Klosterpforte gerufen und von einem

älteren Ehepaar begeistert, ja überschwenglich begrüßt. Pater Anselm erzählte dies lebhaft und mit entsprechender Mimik in der mittäglichen Erholungszeit. »Aber nein, Herr Pater, was sind wir froh, daß wir Sie endlich einmal kennenlernen und begrüßen dürfen. Seit Jahren hören wir mit Andacht und Begeisterung Ihr Orgelspiel. Wir sind immer wie berauscht und bleiben jeden Sonntag bis zum letzten Ton in der Volksmesse um 10 Uhr!«
Die Heilige Messe um 10 Uhr, die meist sehr besucht war, spielte damals über viele Jahre hindurch der Laacher Elektromeister, Bruder Hubert Rose, an der Orgel ein tüchtiger Autodidakt.

Bruder ISIDOR VÖLKLE war ein recht eigenwilliger und schweigsamer Mann. Er liebte es zudem nicht, von Fremden angesprochen zu werden.
In der sommerlichen Heuernte half er – wie immer – den Brüdern der Landwirtschaft. Als der Heuwagen schwer beladen ins Kloster zurückgefahren war, blieb er allein auf der Wiese zurück, um das Heu für die nächste Fuhre zusammenzurechen. Dabei trafen ihn zwei ältere Damen, die Bruder Isidor in überschwenglicher Weise ansprachen, vom

Klosterleben schwärmten und ihn fragten, wie lange er schon in Beuron sei. Die knappe Antwort war: »Vierzig Jahre!« Erneute Begeisterung bei den Damen und eine weitere Frage: »Dann sind sie sicher glücklich im Kloster?« Antwort von Bruder Isidor: »Nein!« Das war fast zuviel für die klosterbegeisterten Damen und sie fragten bestürzt, warum er dann im Kloster sei. Bruder Isidor gab die knappe Antwort: »Das ist der Wille Gottes!« Keine weiteren Fragen mehr – das Gespräch war beendet.

Bruder Isidor, der das ländliche Leben liebte, hatte offenbar auch eine besondere Freude an Tieren. Ob die Tiere das auch spürten? – Eines Tages erschien in seiner Schmiedewerkstatt, die im Bereich der Landwirtschaft lag, ein junges Rind. Bruder Isidor war nicht anwesend. Das junge Tier stand im Eingang zur Werkstatt und brüllte – als wolle es fragend einen Namen ausrufen: »Ma! – Ma!« Die Mitbrüder lachten, und seitdem trug Bruder Isidor den Kosenamen Ma. Und er freute sich daran.
Am Tage seiner Beisetzung im Jahre 1966 verzögerte sich die Beerdigungsliturgie. Denn ein junges Kälblein hatte sich auf den Friedhof verirrt und war ausgerechnet in die

Grube gefallen, die für Bruder Isidor ausgehoben worden war. Man mußte erst das Tier befreien. Dann konnte der Beuroner Bruder Isidor beigesetzt werden. Zufall oder Symbol einer großen Zuneigung?

Schwester THECLA BRAND hatte vor ihrem Eintritt in Eibingen ihre sieben jüngeren Brüder erzogen. Sie behielten den Respekt vor ihr auch noch als gestandene Männer. Sie strömte für alle Autorität aus. Im Alter lebte sie schon länger unter den kranken und alten Mitschwestern auf der sogenannten »Infirmerie«, als eines Tages Bauarbeiten an der äußeren Klosterpforte ihr Interesse weckten. Sie fand eine, wegen der Handwerker offenstehende Tür und begab sich unverzüglich und energisch auf Inspektionstour. Die zuständige Krankenschwester, Infirmarin genannt, lief ihr nach und rief ihr zu: »Schwester Thecla, kommen Sie zurück! Das ist viel zu gefährlich!« Schwester Thecla fand das keineswegs und marschierte weiter. Die Infirmarin fuhr ein schwereres Geschütz auf und rief ihr merklich lauter zu: »Außerdem sind Sie außerhalb der Klausur!« – Die Klausur ist ein geschlossener, klösterlicher Bereich, den die Bewohner eines Klosters nur mit Erlaubnis verlassen dürfen. – Schwester

Thecla wandte sich beim letzten Zuruf um, stieß fest mit ihrem Krückstock auf und erwiderte deutlich: »Die Klausur ist da, wo i c h bin!«

Schwester Thecla, zierlich und eher hager, zeigte immer guten Appetit. An einem Ostermontag äußerte sie: »Ach, wie anstrengend ist das alles! Am Karfreitag mußten wir mit dem Herrn leiden und sterben, am Ostersonntag sollten wir uns mit ihm freuen. Das alles kostet viel Kraft. Die Zeit der Unterernährung (die Fastenzeit) ist ja nun wohl hoffentlich vorbei!«

Pater GOTTHARD KLOKER aus Beuron war besessen von wissenschaftlichem Eifer. Er studierte ständig die neueste Literatur und teilte die Ergebnisse auch umgehend den zuhörenden Studenten mit. Er diktierte ihnen mit Genauigkeit seine Meinung. Einer der Schüler meldete sich und erklärte: »Aber, Pater Gotthard, das ist ja genau das Gegenteil des bisherigen Manuskripts. Wie ist das möglich?« Pater Gotthard wurde hinter seinem Lesepult größer und antwortete sogleich: »Ja, wisset Se, des ischt Wissaschaft! Dia neutestamentlich Wissaschaft ischt wirk-

lich a Wissaschaft! Gibt's do nuie Erkänntnis, gibt's au nuie Ergäbnis. Des ischt Wissaschaft! Dogmatik dogäge ischt wie a Kartoffelsack. Er ischt voll ond zua'bonde. Do goht nix nei ond do goht nix naus!«

Pater Gotthard, jahrzehntelang Lehrer für Neues Testament in Beuron, war ein echter schwäbischer Denker und Grübler. Er soll gesagt haben: »Wenn i en Hemmel kumm, no frog i glei da Aposchtel Paulus: Jetz sag amol, i han mei Läbdag denkt, wia moinscht des eigentlich em Korintherbrief do; ond i zoig mit da Fenger druff: Hoscht do a Semikolon g'schriba oder bloß a Komma?"

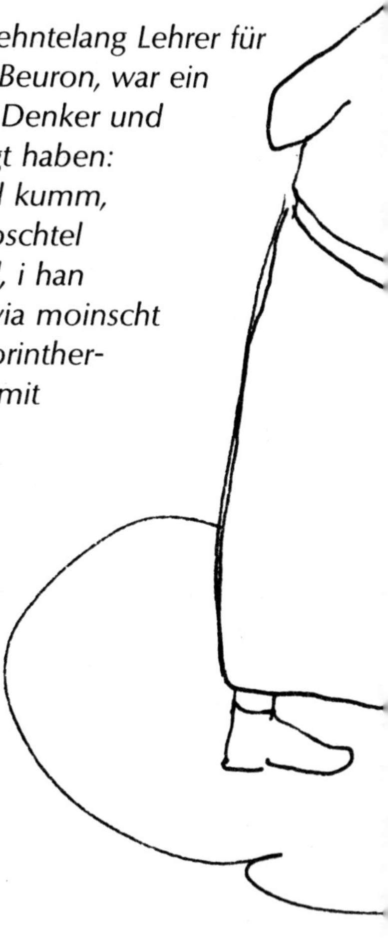

Eines Tages erklärte Pater Gotthard: »Mai als faif Schtond geischtig schaffe ka koi Mensch am Dag. Noch siebene denk i prinzipiell nix mai.« Darauf Pater Richard Beron: »Aber was machen Sie dann abends um acht Uhr in der Komplet?« Verdutzt schaute ihn Pater Gotthard für einen Augenblick an. Dann erklärte er mit unnachahmlicher Handbewegung: »Ha, dia lauft von alloi!«

Pater ALBAN DOLD von Beuron war ein echter Schwarzwälder. Er sprach in seiner mächtigen Gestalt und mit wallendem Bart eigentlich immer nur in seiner heimatlichen Mundart. Dazu war er ein angesehener und fleißiger Gelehrter. Er betätigte sich mit unglaublichem Eifer, ja mit seltener Leidenschaft in der Palimpsest-Forschung. In einer langen Schriftenreihe veröffentlichte er die Ergebnisse seiner Forschung über alte Pergamente, die mehrfach beschrieben waren. Diese alten Pergamente waren oftmals in Buchdeckeln und Buchrücken wiederverwendet worden. Durch die Bestrahlung dieser Palimpseste mit kurzwelligem, ultraviolettem Licht konnten frühere Beschriftungen wieder lesbar gemacht werden. So gab Pater Alban fast jährlich ein neues Bändchen seiner Reihe heraus und dazu eine große An-

zahl von Aufsätzen für wissenschaftliche Zeitschriften. Einer seiner Mitbrüder, Pater Angelus Graf, sprach ihn voll Verwunderung an: »Wie machen Sie denn das nur und woher nehmen Sie die Zeit, jedes Jahr so ein Buch zu veröffentlichen?« Pater Alban lachte und erklärte: »Als erschtes muscht do Sitzläder hau – und no – wissed se – mend se äll Dag 25 Stund schaffe!« Pater Angelus staunte noch mehr und erklärte, der Tag habe doch nur 24 Stunden. Pater Alban ließ sich nicht aus der Fassung bringen und meinte: »Ha, drum schtand i halt äll Dag e Stund bälder uff.«

Bruder Joseph aus Beuron, der zum Wohle der Kommunität jahrzehntelang für den Tee-Anbau im Garten gesorgt hatte, ministrierte Pater Alban regelmäßig in der Krankenkapelle. Nach der Messe wurden damals noch drei »Ave Maria« gebetet. Bruder Joseph tat sich schwer mit dem Lateinischen und so betete er statt »Ora pro nobis peccatoribus« – Bitte für uns Sünder – »Ora pro nobis pecoribus«. Pater Alban sprach ihn nach der Messe an und sagte: »Lieber Bruder Joseph, Se bäte praktisch: bitte für uns Rindviecher; denn 'pecus' heißt Rindvieh. Stimme tut's jo, aber falsch is trotzdem.«

Bruder TARSITIUS RIEGER war einer der fleißigen, schwäbischen Brüder, die Anfang des Jahrhunderts in Maria Laach eingetreten waren. In vielen Diensten und Aufgaben hatte er sich ein Leben lang bewährt und wurde weit über 90 Jahre alt. Er bemühte sich unter anderem vor allem, die klösterlichen Mäuse in Kirche und Sakristei nicht zu zahlreich werden zu lassen und entwickelte deshalb eine besondere Mausefalle. Eines Morgens, schon vor dem Frühoffizium, kam er von seiner Falle, die Patres standen schon im Chor, machte eine Kniebeuge vor dem Allerheiligsten, lupfte sein Käppchen, und in der linken Hand hielt er hocherhoben eine platte Maus und zeigte sie triumphierend seinem Freund, Pater Polycarp Wegenaer, mit einem Ausdruck in seinem Gesicht als wolle er im Herzen sagen: »Der liebe Gott hat in seiner Huld heite früh schon seine Giete erwiesen und mir schon wieder eine Maus in die Falle gelockt.«
Etwas später erklärte er auch, nachdem die Mäuse in der Sakristei ausgerechnet die rosaroten Meßgewänder angefressen hatten: »Was wäre erst für ein Schaden entstanden, wenn die noch Junge bekommen hätte?«

Bei einer geistlichen Konferenz in der Abtei Herstelle wurde eines Tages die schwierige Thematik der »Heiligsten Dreifaltigkeit« dargelegt. In den nachfolgenden Tagen gab es Diskussionen und Gespräche. Eine der Schwestern blieb ganz gelassen und sagte: »Ich habe da überhaupt keine Schwierigkeit. Ich glaube an Gott, und alles andere mögen die Drei unter sich ausmachen!«

Eine 94 Jahre alte Schwester kam auf die Infirmerie, die klösterliche Krankenabteilung. Sie war ein helles, optimistisches Naturell und diente schließlich den Mitschwestern unermüdlich durch Vorlesen.
Bei einem Besuch traf sie eine Schwester mit einem dicken Buch und fragte, was sie gerade als Lektüre vor sich habe. Sie erwiderte gleichmütig: »Nun ja, was bekommt man denn hier schon zum Lesen! Natürlich nur die Bibel!« Die Besucherin erbot sich sofort, ihr auch andere Bücher aus der Bibliothek zu besorgen und bat sie um spezielle Wünsche. Die Antwort kam prompt: »Gut, dann bringen sie mir mal den Wilhelm Busch!«

Es war im Frühjahr und die Abende waren noch etwas frisch. Dennoch war Erzabt Benedikt Reetz mit den Patres zur Rekreation (Erholungszeit) in den Garten gegangen. Pater WILLIBRORD JASPERS, ein nüchterner aber schlitzohriger Zeitgenosse, der sehr um die Gesundheit und das Wohlergehen aller besorgt war, kam etwas später hinzu, da er mit einem weiteren Pater bei Tisch bedient hatte. Es mißfiel ihm, daß er an dem kühlen Abend ins Freie gehen sollte, und als er sah, daß man sich auf Gartenbänken niedergelassen hatte, wäre er am liebsten umgekehrt. Nur mit widerwilligem Brummen folgte er der Aufforderung, doch mitzugehen.
Im Halbrund der Mitbrüder angelangt, stellte er mit erneutem und gesteigertem Gebrumm fest, daß die einzige freie Bank vom Regen des Nachmittags noch etwas naß war. Sich dort hinzusetzen, widerstrebte ihm und er machte Anstalten, wieder fortzugehen. Erzabt Benedikt, der den Grund für dieses Verhalten nicht kannte, rief ihm zu: »Setzen Sie sich ruhig hin, Pater Willibrord!« Seine Antwort, halblaut vor sich hingesprochen, doch für die meisten gut verständlich, war: »Die wird auch vom Gehorsam nicht trokken.« Dann wischte er mit dem Taschentuch die Tropfen weg und setzte sich. – Er lebt heute noch – trotzdem.

Die Heimatstadt von Erzabt BENEDIKT BAUR hat 1950 zur 600-Jahr-Feier der Stadtpfarrkirche alle Söhne und Töchter eingeladen, darunter auch zwei Äbte, die aus der Stadt hervorgegangen waren, eben den Erzabt von Beuron und den Abt von Buckfast in England, Bruno Fehrenbacher.
Der feierliche Festumzug, der die hohen Gäste einholte, durchschritt denn auch einen großen Triumphbogen mit der vielsagenden Aufschrift: »Wir begrüßen unsere Äbte in Mengen«.
Mancher Passant mag gedacht haben: Na, wie viele Äbte mögen die hier haben? Dann kam er zum Ortsschild und das Rätsel war gelöst: Stadt Mengen, Kreis Saulgau.
Aus der dichten Reihe, welche die Straße säumte, streckte sich plötzlich ein Arm vor und zeigte auf Vater Erzabt Benedikt und eine Burschenstimme rief laut: »Des ischt der, der wo meiner Großmuater d Scheib neigworfe hot!«

Eine heitere und in sich farbige Gestalt unter den Laacher Mönchen in der ersten Hälfte des 20. Jahrhunderts war Pater GILBERT RAHM. Gebürtig aus Bonn, war er 1906 in Laach eingetreten. Nach seinem Ordensstudium wurde er in Naturwissenschaften aus-

MENGEN

gebildet und doktorierte 1920. Er spezialisierte sich im Fach Limnologie. Er widmete sich somit den kleinen, in Mooren und Sümpfen vorkommenden Lebewesen. Sie bestimmten fortan sein Leben. Zunächst arbeitete er an der Universität Leyden in den Niederlanden, dann als Privatdozent an der Universität Fribourg in der Schweiz, bis er einen Ruf nach Santiago de Chile erhielt, wo er jahrzehntelang lebte und lehrte. Er arbeitete aber auch in Brasilien, durchforschte den südamerikanischen Kontinent und besuchte die Osterinseln. Zweimal durfte er dank einer Rockefeller-Stiftung eine Forschungsweltreise unternehmen, die ihn nach China, Japan, Vorderindien, Australien, Palästina und Ägypten führte. Er kannte auf dem Hintergrund seiner Forschungen praktisch die ganze Welt. Immer wieder kehrte er aber auch in sein Kloster am Laacher See zurück und berichtete von seinen Arbeiten und Reisen in gelöster und heiterer Weise. Wahrheit und Dichtung waren dabei fließenden Grenzen unterworfen. Er starb als international anerkannter Gelehrter 1954 in Brooklyn und wurde auf dem Klosterfriedhof der Benediktiner in Newark beigesetzt.
Pater Gilbert wurde einmal befragt, wie es denn möglich sei, daß er als Benediktinermönch mit dem Gelübde der Ortsbestän-

digkeit soviel reisen könnte. Er lächelte und erklärte folgendes: »Ja, wissen Sie, als ich in Laach meine feierlichen Gelübde ablegte, da war es noch üblich, über den neuen Mönch ein schwarzes Leinentuch zu breiten zum Zeichen dafür, daß er gestorben sei für die Aufgaben und Begierden dieser irdischen Welt und zugleich auferstanden ganz in Gott lebe. Aber ich darf Ihnen verraten – und er tat ganz geheimnisvoll –, bei mir schauten aus dem Leichentuch unten die Füße heraus. Seitdem darf ich wandern durch alle Gefilde dieser Welt, um zu suchen und zu forschen.«

Bruder BAPTIST NOÉ, ein Sohn unseres westlichen Grenzlandes, in der Nähe von Malmedy, war bekannt für seinen trockenen Humor. Jahrzehnte hindurch betreute er den Laacher Hühnerstall und liebte – erlaubt oder nicht! – die Jagd im Laacher Wald, ganz im geheimen, aber zum Wohle der Mönche am See.
Als nach dem Krieg beim Einzug der Amerikaner alle Waffen abgeliefert werden sollten, gab Abt Ildefons Herwegen den Befehl, alle vorhandenen Waffen in den See zu werfen. Bruder Baptist tauchte sein Gewehr ins Wasser und nahm es anschließend wieder her-

aus. Daß er es drinnen lassen sollte, sei nicht befohlen worden, behauptete er.

Er starb im Mai 1964 nach langjährigem Aufenthalt in der Krankenabteilung des Klosters. Humorig erklärte er nicht selten und immer augenzwinkernd, wohl in Erinnerung an seine Wildzüge im Laacher Wald: »Seitdem durch Eva die Sünde in die Welt gekommen ist, ist kein Mensch mehr seines Lebens sicher.«

Bruder Baptist war Soldat im Ersten Weltkrieg und erlebte das Ende des Krieges auf dem Balkan. Zu dem Rückzug der deutschen Soldaten aus Serbien soll er erklärt haben: »Man behauptet, die deutschen Soldaten seien zurückgewichen. Keineswegs! Wir haben nur kehrtgemacht und marschierten rüstig voran!«

Bruder TIBURTIUS GÖRG, ein köstlicher und beliebter Zeitgenosse, im November 1992 hundert Jahre alt und geistig noch ganz rüstig, ist bekannt für seine originellen Sprüche. Sie sind meist ein Gemisch von Lebenserfahrung, einem ausgeprägten Gedächtnis für kleine Besonderheiten des Daseins und einem reichen Erinnerungsschatz aus der Lektüre verschiedener Kirchenzeitungen.

Noch bis in sein 97. Lebensjahr hinein ließ es sich Bruder Tiburtius nicht nehmen, mittags die Trinkgläser der Kommunität und der Gäste im Refektorium eigenhändig zu spülen. Immer voll spitzbübischer Heiterkeit bemerkte er eines mittags: »Manche fangen als Tellerwäscher an und machen dann Karriere!« – Augenzwinkern. – »Ich höre als Tellerwäscher auf!«
Wahrscheinlich offenbart sich in dieser Bemerkung das Geheimnis seines Lebens überhaupt. Bruder Tiburtius ist vielleicht deshalb so alt geworden, weil er immer sein volles und ganzes JA zu sich selbst gesagt hat. Er hat seine innere Mitte gefunden.

Bruder Tiburtius weilte viele Jahre hindurch auf der Schirmau und in anderen Laacher Ferienhäusern. Er arbeitete dort mit »Fräulein Hildegard« zusammen, die dem Laacher Konvent sehr verbunden war und für das leibliche Wohl sorgte.
Sie kannte Bruder Tiburtius recht gut und war ihm sehr zugetan. Als dieser etwa 96 Jahre alt wurde, sagte sie zu ihm: »Lieber Bruder Tiburtius, Sie haben mir doch schon so lange die kleine Madonnenfigur als Erinnerung versprochen, die bei Ihnen seit Jahren steht und eine Nachbildung der be-

rühmten Goldenen Madonna aus Ihrer Heimat Essen ist. Ich bin auch schon 60 Jahre alt geworden. Können Sie Ihr Versprechen nicht allmählich einlösen, damit ich auch noch ein wenig mich daran erfreuen kann und mich dabei an Sie erinnere?«
Bruder Tiburtius lächelte verschmitzt und erklärte treuherzig und trocken: »Nein! Nein! Das ist doch noch zu früh! Ich könnte sie doch überleben! Was dann?«

Bruder Tiburtius behielt auch in schwierigen menschlichen Situationen immer den Überblick und eine offenbar angeborene Vornehmheit.
Eines Morgens erklärte ihm »Fräulein Hildegard« in der Küche etwas energisch, was noch im Hause zu tun sei. Bruder Tiburtius hörte angeblich schweigend zu, behielt die Fassung und sagte zur Katze gewendet im lockeren Tonfall von geradezu schwebender Leichtigkeit: »Komm Pussi, wir gehen nach draußen, hier in der Küche ist dicke Luft!«

Im hohen Alter kam Bruder Tiburtius zum Prior des Hauses und erklärte treuherzig: »Pater Prior, als Betreuer der klösterlichen Ordnung sorgen Sie doch bitte dafür, daß im Lesezimmer nicht immer so schnell die theologische Literatur verschwindet.« »Theologische Literatur?« fragte Pater Prior. »Was meinen Sie damit?« – »Nun, die Kirchenzeitungen von Köln und Essen!« war die Antwort von Bruder Tiburtius, der in Essen geboren wurde.

Als Bruder Tiburtius etwa 97 Jahre alt wurde, ließen seine körperlichen Kräfte etwas nach und er bezog die Infirmerie, die Krankenabteilung des Klosters. Dort wurde er täglich betreut unter der kundigen Erfahrung eines Mitbruders. Bruder Paulinus erkannte eines morgens beim Wecken, daß Bruder Tiburtius abends vergessen hatte, sein Tageshemd zu wechseln. Verständlich, daß dem alt gewordenen Mitbruder das zuviel war und er der Einfachheit halber darauf verzichtete. Aber zur Rede gestellt, daß das doch nicht hygienisch sei, erklärte er gelassen und mit der ihm eigenen diskreten Vornehmheit: »Ach, wissen Sie, lieber Bruder Paulinus, die Nacht fiel so schnell herein, daß nicht einmal mehr Zeit blieb, das Hemd zu wechseln.«

Bruder Tiburtius war ein treuer Besucher der Gottesdienste, solange seine Kräfte es er-

laubten. Schon früh im ersten Gottesdienst der Laacher Mönche, um 5.30 Uhr, war er dabei, auch noch im hohen Alter von 97 Jahren. Dann nahm er sein Frühstück ein und begab sich in die oberen Stockwerke, wo sich seine Mönchszelle befand. Er trat eines Tages mit einem Mitbruder nach dem Kaffee in den Aufzug des Hauses und flüsterte mit einem köstlichen Lächeln: »Löbliche Einrichtung, dieser Aufzug! Zur Zeit des Papstes Leos XIII. zog man im Vatikan die Bewohner noch mit Stricken nach oben.«
Ein typisches Beispiel für sein Gedächtnis, wahrscheinlich aus der Lektüre einer Kirchenzeitung.

Von Ernst Jünger stammt das Wort: »In unserer Abscheu vor gewissen Tieren verraten sich Lücken in unserer moralischen Totalität.«
Ob diese Aussage so stimmt oder nicht – tatsächlich haben wir Menschen eine angeborene Hemmnis vor bestimmten Tieren. Dazu gehören Schlangen, Reptilien, Mäuse, Ratten, Kakerlaken und auch Spinnen aller Art. Dabei haben bei aller Scheu der Menschen manche dieser Tiere sogar nützliche Aufgaben im Kreislauf der Natur.
Schwester MARIA-GONZAGA HEINE aus

Herstelle war viele Jahre hindurch für Pflege und Sauberhaltung der klösterlichen Flure zuständig. Sie entwickelte originelle Methoden, um auch die Spinnen und ihre vielfältig gesponnenen Netze zu beseitigen; selbst im abendlichen Dunkel setzte sie gleichsam zur Treibjagd auf diese zarten Geschöpfe an. Gefragt, wie sie die Spinnen denn sogar im Dunkel des Abends wahrnehme, erklärte sie treuherzig aber kurz angebunden: »Ich fühle sie!«

Schwester BONIFATIA BRÜGGE war als erfahrene Novizenmeisterin eine sachlich orientierte, nüchterne Frau. Sie wachte über das seelische und leibliche Wohl der klösterlichen Neulinge. Es galt damals die allgemeine Auffassung, das innere Wohlergehen einer Novizin zeige sich nicht zuletzt in einem normalen, guten Appetit bei Tisch. Nur gesunde Menschen sind im tiefsten geeignet, das klösterliche Leben mit seinen eigenen Rhythmen und Aufgaben zu bewältigen. So kam es zu dem Brauch, die Novizinnen ab und zu auf die Waage zu stellen und eine Gesundheitskontrolle durchzuführen. Bei einer solchen Prüfung zeigte es sich, daß die jungen Frauen wohl zuwenig gegessen und abgenommen hatten. Bei der

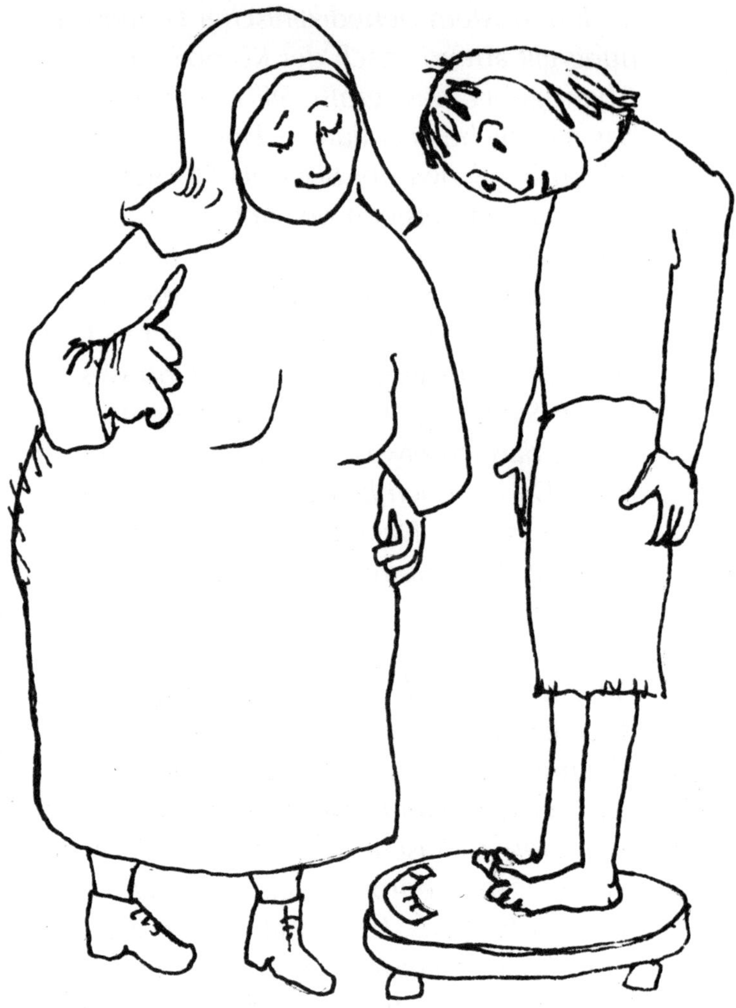

schuldbewußten Verneigung des gesamten Noviziates erklärte Schwester Bonifatia knapp: »Schämt euch, ich wiege mehr als ihr alle zusammen!«

In den Klöstern benediktinischer Lebensordnung gilt abends nach der Komplet, dem Abendgebet, das »große Stillschweigen« – das nächtliche Silentium. – Eines Tages erschien bei Schwester BENEDIKTA HUSCHKE, *der Novizenmeisterin der Abtei St. Hildegard in Eibingen, eine Novizin, sichtlich schlechten Gewissens, und bekannte: »Frau Magistra, ich habe während des nächtlichen Stillschweigens gesprochen!« – »Und was haben Sie gesagt?« – »Ach, ich hatte gemerkt, daß ich etwas Wichtiges vergessen hatte. Da habe ich laut zu mir gesagt: Ich bin ein Esel!« – Darauf die Novizenmeisterin trocken: »D a s dürfen Sie immer sagen!«*

Pater LEO SATTLER *war ein gebürtiger Rheinländer. Er stammte aus Eltville am Rhein im Rheingau, trat aber in Beuron ein. Auch er war offenbar begabt mit einem munteren rheinischen Naturell. Eine Zeitlang half er in der Beuroner Neugründung Emmaus in Prag aus. Er verwaltete dort das Amt eines Küchenmeisters. Eines Tages rief ihn Abt Benedikt Sauter bei Tisch zu sich und sagte: »Aber Pater Leo, die Portionen sind doch viel zu groß.« Pater Leo darauf: »Hochwürdigster Vater, essen Sie davon, dann werden sie von selber kleiner.«*

In Beuron gehen allerlei Aussprüche von ihm um. Eines Tages gab es wieder einmal, wie so oft in Beuron, Grießbrei, nicht gerade eine Speise, die alle Männer begeistert. Alles lauschte gespannt der Tischlesung. Auf einmal hörte der Tischdiener ein leichtes, zischendes Geräusch. Pater Leo rief den Tischdiener zu sich und erklärte: »Sie haben sich sicher vertan! Ich bin ein Sattler, kein Tapezierer. Können Sie mir nicht etwas anderes bringen? Nehmen Sie diesen Kleister wieder mit!«

Anfang des Jahrhunderts wurde Pater Leo nach Gerleve geschickt zur dortigen Neugründung der Abtei St. Josef. Viele Pastöre der Umgebung bestaunten das neue Haus, die Abtei. Einer von ihnen erklärte im Bewußtsein seiner pastoralen Würde und Gewichtigkeit: »Na, Pater, Sie bauen hier aber auch nicht mit apostolischer Armut!« Pater Leo darauf wie aus der Pistole geschossen: »Und Sie, Herr Pastor, reden auch nicht mit apostolischer Weisheit!«

Pater Leo wurde öfter zur Aushilfe geschickt. Nicht immer lag ihm dieser Dienst. Ein Pfarrer hätte ihn gerne eines Tages wieder zur

Aushilfe gehabt. Er schätzte den Mitbruder offenbar. Aber Pater Leo hatte keine Lust. Da wandte sich der Pfarrer an den Erzabt. Das Ergebnis der Unterredung schrieb Pater Leo auf eine offene Karte: »Leo in asinum commutatus dicit IA.« Das heißt übersetzt: »Leo (der Löwe), der zum Esel geworden ist, sagt IA, das heißt ‚Ja'«. Und er fuhr.
Ist das nicht klösterlicher Gehorsam?

Pater PIUS LONGARD, Sohn eines Apothekers aus Kaiserslautern, war seinem Wesen nach ein Romantiker. Er liebte die alte klassische Literatur. Wenn er zu einer Seelsorgsaushilfe ging, hatte er immer einen Homer in seinem Rucksack. Eines Tages fuhr er zu Ferien nach Mecklenburg. Seine Mutter stammte von dort. Er schrieb einen begeisterten, gefühlsbetonten, ja romantisierten Brief nach Maria Laach. Pater Albert Hammenstede, damals noch Prior in Laach, der für seinen Witz und seine launigen Einfälle bekannt war, telegrafierte zurück: »Konvent teilt Gefühle! Albert. Prior!«

Im Frühjahr des Jahres 1953 fühlte sich Pater Pius allmählich älter. Er konnte sich nicht mehr voll am Gemeinschaftsleben der Laa-

cher Mönche beteiligen. So kam er auch nicht mehr zur alten Gebetszeit der Prim, die damals noch gebetet, später aber aufgegeben wurde. Plötzlich erschien Pater Pius unerklärbarerweise im Sommer 1953 wieder zur Prim um 7.30 Uhr am Morgen. Es war kurz vor der Bundestagswahl, die mit Spannung erwartet wurde. Eines mittags rief Pater Stephan Hilpisch, der geistreiche Spötter, Pater Pius im Garten zu: »Ah, Pater Pius, nun weiß ich, warum Sie morgens wieder zur Prim kommen. Sie halten vor der Bundestagswahl eine politische Demonstration. Sie wollen offenbar die FDP wählen!« Pater Pius runzelte fragend die Stirn. »Nun, das heißt: F D P – ,Für Die Prim'!« Pater Pius strahlte. Von Pater Stephan fühlte er sich gern geneckt.

Pater Pius ging gerne zu Seelsorgsaushilfen in Nachbarorte. Eines Tages kam er nachmittags allein aus Niederzissen durch den Wald zurück. Er erzählte davon in der Rekreation und Abt Ildefons machte sich Sorgen, es könnte ihm im Wald einmal etwas passieren. Darauf Pater Stephan: »Vater Abt, das ist kein Problem, wir begraben ihn an der Stelle des Unfalls und schreiben auf das Kreuz ,Hier ruht ein Katholik'!« – Typisch Pater Stephan.

Pater Stephan konnte es gut mit Pater Pius Longard. Eines Tages war Pater Pius in Glees zur Aushilfe gewesen und hatte dort den Sonntagsgottesdienst gehalten. Am nächsten Tag sprach ihn Pater Stephan in der Rekreation an: »Pater Pius, die Leute in Glees sind noch ganz ergriffen.« – »Wieso?« – »Sie waren am letzten Sonntag nach der Predigt in die Sakristei verschwunden und kamen überhaupt nicht wieder. Da flüsterten die Leute in der Kirche: Pater Pius hat bestimmt eine Erscheinung!« Pius darauf: »Quatsch, ich habe nur das Hemd gewechselt!«

Pater STEPHAN HILPISCH, selbst ein geschickter Schriftsteller und leidenschaftlicher Erzähler, war durchaus zugänglich für Logik. Bisweilen kam das in schalkhafter und naiver Freude zum Ausdruck. Als er 1970 in einem Zeitungsartikel gewürdigt wurde mit der Überschrift: »Ein allseits geschätzter Mensch« reagierte eine Nichte ihm gegenüber: »Ach, Onkel Stephan, das ist ja so schön geschrieben, als ob das von Dir selbst käme.« Er erwiderte ganz erstaunt und mit einem Anflug von Selbstbewußtsein: »Natürlich habe ich das selber geschrieben. Die anderen können das doch nicht richtig ausdrücken, was sie von mir halten!«

Pater Stephan war Kirchenhistoriker und bekannt durch seine scharfzüngigen Bemerkungen. Etwa zwanzig Jahre lebte er als Spiritual der Benediktinerinnen in Fulda. Er war durch seine launige und geistreiche Art in der ganzen Stadt bekannt und beliebt. Er erforschte nicht nur benediktinische Spiritualität und Geschichte, sondern er war auch ein glänzender Darsteller und Schriftsteller für die kirchliche Geschichte. Gegen Ende seines Lebens verbreitete er ein bißchen boshaft die Meldung, seine schriftstellerische Lieblingsthematik habe leider aus praktischen Gründen nicht erscheinen können. Titel des Buches: »Die Geschichte des Bistums Fulda – faßlich dargestellt für Domkapitulare und Erstkläßler.«

Pater Stephan hatte offenbar von seinen Eltern frohen Lebenssinn geerbt und eine warme, menschliche Herzlichkeit. Sein Vater, so berichtete er, sang bei der Arbeit, die ihn als Handwerker oft auch übers Land führte. Als kleiner Junge durfte Pater Stephan ihn bisweilen begleiten. Vielleicht ist das der Grund für seine Reiselust. Trotz seiner gelobten Stabilität im Kloster erklärte er nicht selten: »Mir tut jeder D-Zug leid, der ohne mich durchs Land fährt.«

Pater Stephan war mit Pater Beda Krümmel, dem langjährigen leitenden Landwirt in Maria Laach, verbunden, weil er aus derselben Generation stammte. Er war etwa gleichzeitig mit ihm eingetreten. Er mochte wohl besonders die soldatisch zu nennende Art Pater Bedas. Sie entlockte ihm eines Tages in der Rekreation die spöttisch liebevolle Bemerkung: »Pater Beda! Jeder Zoll an Ihnen 99 Gerechte, die der Buße nicht bedürfen. Wir ernennen Sie noch zum Ehrenhauptmann von Karfarnaum!«

Eine besondere Gestalt unter den Laacher Mönchen war ohne Zweifel Pater AUGUSTINUS BÖHMER. Er war 1920 nach einem langen und reichen Priesterleben als Dechant des Münsters zu Bonn im Alter von fast 62 Jahren in Maria Laach eingetreten und durch seine Frömmigkeit, sein heiteres Wesen und durch sein Rednertalent bekannt und beliebt. Er kannte – so heißt es – die Betrachtungen des »Lebens Jesu« von Moritz Meschler, einem Jesuiten des 19. Jahrhunderts, der selbst einmal in Laach gelebt und gewirkt hatte, sozusagen auswendig.
Eines Tages predigte Pater Augustinus in der Passionszeit. Seine Sprache war einfach, verständlich, und seine Stimme war von persönlicher Wärme geprägt. Dieses Mal sprach er über die Begegnung des Petrus und sein Gespräch mit der Magd im Vorhof des Hohenpriesters kurz vor dem Tode Jesu. Er hob in seinem rednerischen Pathos seine Stimme und rief: »Meine lieben Gläubigen! Petrus spricht mit einer Magd. Was überkommt Sie da? Mit einer Magd spricht Petrus! Und ich frage Sie, meine lieben Christen, ist das ein Umgang für einen späteren Papst?«

Pater MATERNUS ECKARDT aus Beuron war jahrelang Dozent für Kirchenrecht an der theologischen Hochschule der Erzabtei. Er konnte seinen Unterricht lebendig und plastisch gestalten. Er war in Essen geboren und ein richtiger Rheinländer mit fröhlicher Wesensart. – P. Maternus war darum auch gut geeignet, die Besucher der Erzabtei zu empfangen und ihnen beim Durchgang durch die Räume des Klosters vom Geist der Regel des heiligen Benedikt zu erzählen und die besonderen Lebensverhältnisse in Beuron darzustellen. – Bei solchen Begegnungen kommen immer wieder merkwürdige und abwegige Fragen auf, die als Schauermärchen die Herzen der Menschen bewegen und kaum je auszurotten sind.

Bei einer großen Führung wurde P. Maternus, der alles sorgfältig und umfassend erklärt hatte, von einem der Gäste gefragt: »P. Maternus, in den alten Klöstern gab es doch, wie man immer wieder hört, auch Folterkammern, in denen die Mönche bestraft wurden und Buße tun mußten. Wo ist denn eigentlich die Folterkammer hier in Beuron?« P. Maternus lächelte und erklärte ohne Umschweife schlagfertig: »Aber natürlich haben wir auch hier in Beuron eine Folterkammer. Dort, sehen Sie!« und er wies auf eine große Tür hin. – »Aber«, sagte er verschmitzt, »leider kann ich Sie jetzt da nicht hineinführen. Es ist gerade jemand drin!«

Die Landwirtschaft in Herstelle entwickelte sich aus einfachen, ärmlichen Anfängen. Die Ställe waren klein und hatten niedrige Dekken. – Eines Tages stand eine notwendige Säuberung und Kälkung an. Eine Leiter konnte nicht aufgestellt werden. Schwester NORBERTA GIEBELER fand eine ganz persönliche Lösung. Sie stellte sich charmant auf ihr Lieblingsschwein und kälkte seelenruhig die Decke ihres geliebten Schweinestalls. – Zirkusluft im Nonnenkloster.

Bruder BARNABAS OETTINGER war eine echte Kraftnatur, und er war stolz auf seine vitale Veranlagung.
Er stammte aus dem benachbarten Kreisstädtchen Mayen und fühlte sich seiner Heimatstadt eng verbunden. Bruder Barnabas hatte in seinem Wesen einen missionarischen Zug. Er konnte flammende Reden halten, in denen er seine Lebensweisheiten und seine religiöse Anschauung mit Nachdruck vertrat.
Im Grunde war er ein Einzelkämpfer und arbeitete am liebsten allein, lange Jahre als Metzger, später auch als Anstreicher. Je größer das Projekt, um so lieber war es ihm. Viele Jahre hindurch stand er mitten in der Nacht auf und betete in einem dicken Buch

deutsche Psalmen. Wenn dann die Mitbrüder früh morgens in den Chor kamen, hatte er schon lange Gebetsstunden hinter sich. Die Eigenart eines vitalen Einzelkämpfers bewahrte er sich sein Leben lang, trotz seiner Liebe zur Gemeinschaft der Mönche in Maria Laach, für die er alles tat.
Eines Tages wurde er in seinen jüngeren Jahren schwer grippe-krank. Der damalige Betreuer der Kranken, Bruder Damian, wollte ihn schwitzen lassen. Es war in einem sehr kalten Winter. Bruder Barnabas erklärte in seiner nachdrücklichen Art: »Was, schwitzen? Sie bekommen von mir keinen Tropfen!«
Und so war es auch. Bruder Barnabas stand auf, lief zum See, hackte in der Laacher Badeanstalt das Eis auf und sprang mit Fieber ins eiskalte Wasser. Dann trocknete er sich ab und ging wieder nach Hause. Die Gewaltkur hatte geholfen. Er war gesund.

Pater PLACIDUS PFLUMM von Beuron war in seinem hohen Alter eine allseits verehrte und durch seinen weißen, wallenden Bart eine eindrucksvolle Mönchspersönlichkeit. Fast 90jährig sprach er gern vor sich hin, wenn er durchs Haus schlurfte. Ein jüngerer Mitbruder, der ihm begegnete, glaubte sich

angesprochen und fragte zurück: »Bitte, Hochwürden?« Da legte ihm Pater Placidus die Hand auf den Arm und sagte: »Gehen Sie nur weiter! Ich habe von Zeit zu Zeit das Bedürfnis mit einem vernünftigen Menschen zu reden, und dann rede ich halt mit mir.«

Pater ATHANASIUS WOLFF gilt als besonders schlagfertig, bisweilen auch als schnodderig ehrlich. Er gehört zu jenen Zeitgenossen, die immer eine geistreiche, bisweilen boshafte Antwort finden. Ein älterer Mitbruder bemerkte einmal in froher Runde, lauschend auf seine munteren Späße: »Na, lieber Pater, ich habe den Eindruck, im Noviziat hat man Ihnen auch nicht genügend das Rückgrat gebrochen!« – »Ach«, war die kesse und wohl nicht falsche Antwort, »ich hatte den Eindruck, ich sei in ein Kloster eingetreten, nicht in ein Krüppelheim!«

Im Herbst 1992 hielt Abt-Präses Laurentius aus Grüssau-Wimpfen Visitation in Maria Laach. Pater Athanasius erschien bei ihm und seinem Mitvisitator, Pater Prior Theodor aus Beuron, um ein Glas Sekt anzubieten im Auftrag und mit einem freundlichen Gruß von Abt Anno. Abt Laurentius fragte lächelnd und mit einem Augenzwinkern: »Na, wollen Sie uns bestechen?«
Darauf erklärte Pater Athanasius spontan: »Ach, lieber Vater Abt, wir haben gerade eine Steuerprüfung hinter uns! Da ist Ihre Visitation doch nur ein Klax – eine harmlose Kleinigkeit!«

Pater DESIDERIUS LENZ, *Maler und Begründer der Beuroner Kunstschule, war von einer langen Reise nach Beuron zurückgekehrt. Im Schuldkapitel ein paar Tage später war er an der Reihe. – Ein Schuldkapitel ist eine regelmäßige Zusammenkunft der ganzen klösterlichen Gemeinschaft, bei der die Mönche Gelegenheit finden, äußere Verstöße gegen die klösterliche Disziplin oder auch Verluste von Gegenständen zu bekennen. – So rief der Erzabt Pater Desiderius auf. Er trat vor, verneigte sich und sagte: »Vater Erzabt, ich klage mich an, daß ich einen Regenschirm verloren habe und die meisten klösterlichen Gebräuche.«*

Pater JOSEPH OFFERMANN *stammte aus dem kleinen Ort Hammer bei Monschau in der nördlichen Eifel. Er war 1903 in Maria Laach eingetreten und zeigte nach seiner Priesterweihe im Jahre 1909 ein ausgeprägtes Interesse für die Naturwissenschaften. Er studierte Physik an der Universität Bonn und half mit seinen Kenntnissen über viele Jahre hin an den Gymnasien der Mitbrüder in Seckau und Ettal. Er war ein vielseitig interessierter Lehrer, eine Frohnatur und dazu ein frommer Mönch. Als er 1934 zum Sterben kam, versuchte er als Naturwissenschaftler mit aller Nüchternheit die vermutete Sterbestunde genau zu berechnen. Einige Tage zuvor ließ er sich noch einmal in die Kirche bringen. Dort verneigte er sich vor dem Chorgestühl des Abtes, küßte den Altar und betete am Abend seines Lebens die Komplet in einer Chorstalle des Mönchschores. Er räumte seine Zelle auf und starb – ein paar Tage später als berechnet.*

Pater Joseph lebt als heiterer Mitbruder im Andenken der Laacher Mönche fort. In Laach wohnte er Jahre hindurch im sogenannten Josephsflügel, genau unter der Figur seines Namenspatrons, die heute noch den Dachstuhl dieses Gebäudes ziert. Ein Mitbruder bemerkte einmal beim Spaziergang durch den Garten während der Erholungszeit am Mittag: »Aber Pater Joseph! Sie wohnen ja genau unter Ihrem Namenspatron!« Mit einem schalkhaften Lächeln in seinen Augen antwortete Pater Joseph schlagfertig: »Aber gewiß! Das könnte zu Verwechslungen führen!«

Bruder JOSEPH KÖSTER, ein gebürtiger Oldenburger, war ein großer Schweiger. Nie sprach er ein Wort zuviel. Immer war seine

Rede knapp und auf das Äußerste sparsam. Lange Jahre hindurch arbeitete er mit Bruder Hermann Joseph Hodes, der ebenso ernst wie schweigsam war, als Maurer in allen Bereichen des klösterlichen Anwesens. Pater Prior begegnete eines Tages Fräulein Katharina Reuther, langjährige Pächterin des Laacher Seehotels. Fräulein Reuther fragte: »Lebt eigentlich Bruder Joseph noch? Ich habe ihn so lange nicht mehr gesehen.« »Natürlich lebt er noch!«, war die Antwort Pater Priors. Dann sprach er Bruder Joseph an und teilte ihm mit, Fräulein Reuther habe gefragt, ob er noch lebt. Seine Antwort war klassisch: »Längst schon gestorben in der Profeß!«

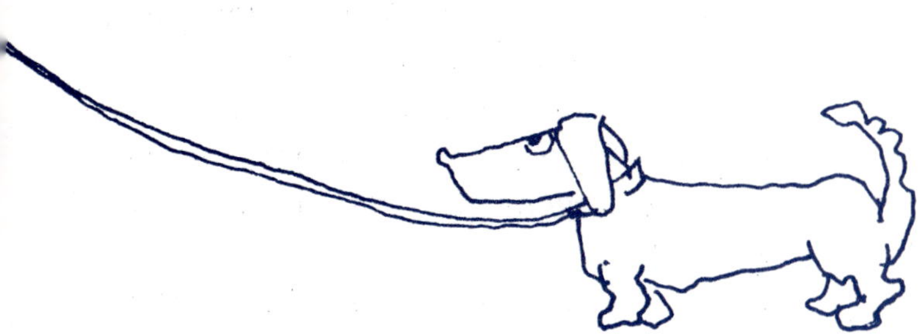

Eine andere Episode kennzeichnet seine monastische Schweigsamkeit nicht weniger originell. Fräulein Reuther begegnete Bruder Joseph an einem Morgen im Seehotel, wo er ein paar Arbeiten als Maurer auszuführen hatte, und fragte: »Wie geht es Ihnen, Bruder Joseph?« Antwort: »Gut!« Am Abend fragte sie: »Kommen Sie morgen wieder, Bruder Joseph?« Antwort: »Ich habe heute morgen schon mit Ihnen gesprochen!«

Pater LUDGER BERNHARD aus Maria Laach, jahrzehntelang Professor für ökumenische Theologie an der Universität Salzburg, gilt als wortgewandt und schlagfertig. Er bleibt niemandem eine Antwort schuldig.
Nach dem Krieg, den Pater Ludger als Soldat an der Front miterlebt hatte, fuhr er mit dem Omnibus in die nahe Kreisstadt Mayen. Unterwegs stieg ein Bauer der Gegend in den Bus ein, wobei man wissen muß, daß Maria Laach wahrscheinlich auf dem Hintergrund des relativ großen Landbesitzes im Seetal unter den kleinen Landwirten der Gegend als besonders wohlhabend angesehen wird. Alle Gegenargumente helfen da nichts. Es ist halt so.
So war es kein Wunder, daß Pater Ludger mißtrauisch beäugt wurde. Beim Aussteigen

in Mayen platzte der Knoten. »Pater, ich wünschte, ich hätte Ihr Geld in Laach!« – Pater Ludger brauchte nicht lang zu überlegen und antwortete umgehend: »Ich wünschte, ich hätte Ihren Verstand! Dann hätten wir beide nichts!«

Pater BEDA KRÜMMEL, gebürtig aus der Nachbarstadt Mayen, war ein Führungsnaturell. Als Offiziersanwärter wurde er im Ersten Weltkrieg eingezogen und geriet in ein Regiment, in dem ein kirchenliberaler Geist herrschte. Die führenden Offiziere versuchten, seine Qualifikation zum Eintritt in das Preußische Offizierskorps zu verhindern. Sie prüften seine Führungsqualitäten und seine generalstäbliche Eignung an Sandkästen. Sie verlegten ihn und einen Stoßtrupp in ein Tal, dessen Höhen ringsum alle mit feindlichen Truppen besetzt waren. Ein Entkommen ohne große Verluste schien aussichtslos. Sie fragten ihn listig: »Nun, Fähnrich Krümmel, welchen Befehl geben Sie?« Fähnrich Krümmel durchschaute das Manöver blitzschnell, blickte einmal energisch in die Runde, eine Haltung, die er ein Leben lang beibehielt, und antwortete: »Der Befehl lautet: Helm ab zum Gebet!« Er wurde Leutnant.

Pater Beda, ein Leben lang Ökonom (leitender Landwirt) und zeitweise Cellerar (Leiter der Klosterverwaltung) in Laach, war eine strenge, selbstbewußte Führungsnatur. Er liebte die Laacher Landschaft und ließ bei aller angestrebten Kultivierung kaum eine Veränderung zu. Nach dem Krieg erschien eine größere Abordnung der Bezirksregierung Koblenz in Maria Laach. Sie wollte Pater Beda dazu überreden, den kleinen, mit Obstbäumen bepflanzten Parkplatz nahe der Straße zu erweitern und vor allem alle Obstbäume zu fällen. Pater Beda weigerte sich. Eine solche »Kulturschande« sei nicht im Sinne der Laacher Mönche. Die Beamten setzten dagegen: Er müsse doch erkennen, die Zeiten hätten sich geändert, der Verkehr, ja der Tourismus habe auch in Maria Laach zugenommen, Gefahren müßten beseitigt werden und so weiter. Pater Beda gab nicht nach. Die Beamten aber wollten überzeugende Motive dafür wissen, warum alles beim alten bleiben müsse. Pater Beda holte tief Luft, schaute noch einmal energisch in die Runde und erklärte: »Meine Herren, das ist ganz einfach! Sie sind zehn Minuten hier in Laach. Wir 900 Jahre!« Was sollte man darauf antworten? – Der Parkplatz wurde tatsächlich erst viel später den Notwendigkeiten des Verkehrs angepaßt.

Pater PAULUS VOLK, gebürtig aus Hagenau im Elsaß, und als Historiker Fachmann für Geschichte der Bursfelder Benediktinerkongregation, zu der auch Maria Laach seit 1474 bis zur Aufhebung 1802 gehörte, empfing nach dem Krieg einen Mainzer Theologen, nämlich Professor Völker, mit seinen Schülern zu Vorträgen. Dieser Gelehrte, ein Junggeselle, ging ganz in seiner Wissenschaft auf und war selbst ein großes Original, das immer gerne wunderliche Geschichten erzählte. Schwerhörigkeit veranlaßte ihn zudem, immer besonders laut und expansiv zu sprechen und zu argumentieren.
Beim ersten Besuch in Maria Laach empfing ihn Pater Paulus. Professor Völker wollte sich vorstellen und brüllte den Benediktiner an: »Völker!« Pater Paulus lächelte und antwortete nur: »Singular!« Professor Völker stutzte, und als er sein Gegenüber verstanden hatte, folgte eine tosende Lachkanonade und eine lebenslange Freundschaft.

Es gibt unter den Adelsgeschlechtern in Deutschland solche, die zwar den gleichen Namen besitzen, aber zwei verschiedene Rangstufen einnehmen. Die eine Linie sind Grafen und die andere Fürsten, die mit »Durchlaucht« angesprochen werden.

Pater Paulus begegnete einem Fürsten, der ihm auch zeigen wollte, daß er zur fürstlichen Familie gehörte. Er nannte seinen Familiennamen und fügte lächelnd hinzu: »Durchlaucht!« Pater Paulus, nicht auf den Mund gefallen, antwortete spontan: »Angenehm! Pater Paulus Volk – Hochwürden!«

Eine der köstlichsten Erscheinungen in Beuron war ohne Zweifel Pater KILIAN HEELEIN. Er war der Sohn eines Müllers in Würzburg, und die Familie war wohlhabend.
Pater Kilian hat wohl ein Leben lang an der Einfachheit klösterlicher Lebensform getragen. Er aß gern und gut. Schon als Kind soll er bei der Belagerung Würzburgs durch die Preußen an einem Sonntagnachmittag die im Keller schutzsuchende Familie heimlich verlassen haben, um den Kuchen aufzuessen, der oben zum Kaffee bereitstand.
In Laach gehörte Pater Kilian 1892 zu den Gründungsmönchen. Er wurde seinen Neigungen entsprechend »Coquus«, also zuständig für den Bereich der Küche. Sicher ist dies Amt wichtig nach der alten monastischen Weisheit: »Bona coquina, bona disciplina«, ist die Küche ausreichend gut, wird auch die klösterliche Ordnung gewahrt. In Maria Laach blieb Pater Kilian nur einige

Jahre. Dann wurde er nach Beuron zurückgerufen. Er bewahrte seiner Laacher Zeit wie auch den Laacher Mitbrüdern eine herzliche Zuneigung. Laacher Kleriker, die später zum Studium nach Beuron fuhren, berichteten, er habe sie auf die Seite gerufen und in jedem Jahr neu erklärt: »Na, aus Laach seid Ihr? Ich war drei Jahre dort und bin gerne dort gewesen. Was macht Abt Ildefons? Seid Ihr noch vernünftig? Trinkt Ihr noch Bier? Habt Ihr noch die meterlangen Bratwürste?« Pater Kilian blieb sein Leben lang ehrlich und in seinen Aussprüchen originell.

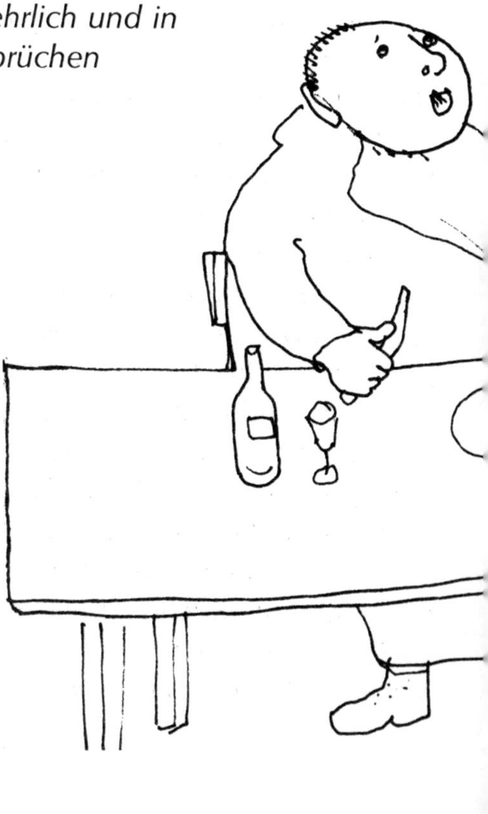

Eines Tages erklärte er: »Das schönste Evangelium für mich ist das himmlische Hochzeitsmahl, bei dem der Herr selbst an dem Tisch vorbei geht und aufträgt. Endlich mal genug zu essen!«

*Pater Kilian muß schon als ganz junger Mensch, lange vor seinem Klostereintritt in Beuron, recht originelle Züge in sich getragen haben. –
Eine kleine Episode aus der Zeit seines einjährigen Militärdienstes mag dies zeigen. Nach einem gemeinsamen Gottesdienst zog er unbemerkt mit seinem Taschentuch auch seinen Rosenkranz aus der Tasche. Einer seiner Gefährten, der das bemerkt hatte, hob den Rosenkranz auf, ohne ihm etwas zu sagen. Später sprach ihn einer seiner Kameraden spitzbübisch an und erklärte: »Also, Heelein, du tust immer so fromm. Aber wir wetten 10 Flaschen Sekt, daß du nicht einmal einen Rosenkranz in der Tasche hast.« Da griff der junge Heelein in die Tasche und zog mit Lachen seinen zweiten Rosenkranz heraus. Die Kameraden waren verdutzt. Die Wette war gewonnen. Die Geschichte wurde nie vergessen.*

Pater Kilian war durch seine deftige Jovialität unter den Mitbrüdern allseits beliebt. Er sagte, was er dachte und empfand. Eines Tages stand er nach einer Vorlesung vor dem Auditorium. Den jungen Theologiestudenten, die sich gleich um ihn scharten, erklärte er halb wehmütig, halb lachend: »Ach, die

Herrn Professoren, die haben's gut. Sie können sich jeden Tag wenigstens einmal aussprechen in ihrer Vorlesung. Ich hab' bloß die Rekreation dazu, und oft genug komme ich nicht einmal da zu Wort.«

Ehrlichkeit war Pater Kilians besonders hervorstehende Eigenschaft. Über sein Sterben ist folgendes zu berichten: Als es hieß, er habe nicht mehr lange zu leben, hat man ihm dies offenbar nicht vorenthalten, sondern offen mitgeteilt. Darüber wurde Pater Kilian aber nicht nervös. Das bedeutete für ihn soviel als ginge er von einem Zimmer ins andere. Er blieb sich selber treu. Sein Leben lang hat er unter Hunger gelitten und sich gefreut auf das himmlische Hochzeitsmahl. Was sagte er nun, als man ihm mitteilte: »Pater Kilian, Sie müssen wohl bald sterben!« Keine Träne, auch keine Rührung, kein Gedanke daran! Er bemerkte: »Nu, wenn's dann soweit ist, dann bringt mir noch mal mein Leibgericht, Spätzle mit Kraut und eine Flasche Bier.« So gestärkt mit dem lebenslangen Glauben an Gott und mit seinem Leibgericht trat Pater Kilian gläubig und mit festem Schritt in die Gestade der Ewigkeit.

Pater ALBERT HAMMENSTEDE, langjähriger Prior in Maria Laach zur Zeit des Abtes Ildefons Herwegen, war bekannt und beliebt durch sein rheinisches, heiteres Gemüt. Seine lockere Art im Umgang mit Mitbrüdern war sehr geschätzt.
Zu seiner Zeit war es üblich, den Namenstag des Abtes Ildefons festlich zu begehen. Es fand eine musikalische Darbietung statt, und vor einem Gabentisch wurden Gratulationsansprachen gehalten. Kreative Mitbrüder, Künstler, Wissenschaftler, Schriftsteller und Handwerker, legten ihre Arbeiten und Entwürfe vor und erfreuten damit die Gemeinschaft der Laacher Mönche. Dazu kamen wertvolle Gaben jener Benediktinerinnenklöster, die damals der Laacher Kommunität besonders verbunden waren. – Pater Prior Albert hielt meist eine geistvolle, humorige Ansprache im Namen aller.
In einem Jahr ging Pater Albert kurz vor Beginn dieser Feier im Gang vor der Aula auf und ab, um die erwartete Rede vorzubereiten. Da trat einer der Brüder heran, der noch schnell eine graphische Arbeit an die Wand der Aula heften wollte und der ihn ein wenig hilflos und treuherzig fragte: »Pater Prior, haben Sie nicht ein paar Heftzwecken?« Pater Albert holte tief Luft, lächelte und fragte in echt kölschem Tonfall: »Ja, wat meine Se

denn? Woher soll ich hier Heftzwecken holen? Jlauben Se vielleicht, ich hätt' mein Bux mit Heftzwecken festjemacht?«

Pater Albert war ein echter Kölner, ein Gemisch von rheinischer Heiterkeit und nicht selten auftretender Melancholie. Er sah das Leben hellsichtig, immer in seinen oft gleichbleibenden Strukturen und konnte seine Erkenntnisse in praktische Formeln meist heiter »übersetzen«.
Zu jener Zeit, da er Prior von Maria Laach war und zudem Novizenmeister, gab es regelmäßig am Samstagabend zu Tisch bei den Mönchen Kartoffelsalat, was ihn eines Tages zu der launigen Bemerkung im kölschen Tonfall bewegte: »Na, watt dann? Dat Lebensjefühl eines Laacher Novizen am Samstagabend heißt: jut jebeicht, frisch jebad und abends Kartoffelsalat.«

Meist sprach Pater Albert im kölschen Dialekt. Er war angefüllt mit Lebenserfahrung, die er so nebenher gerne weitergab. Er machte seine Novizen auch darauf nicht ohne Selbstbewußtsein aufmerksam:
»Nicht nur, wat ich doziere, müßt ihr behalten! Nein, auch dat, wat ich so nebenbei sach!«
Eines Tages machte er seinen Novizen klar, wenn sie in einem D-Zug säßen und es gäbe einen Zusammenstoß oder einen schweren Unfall, müßten sie als erstes sofort

die Beine hochziehen, wegen der Einklemmungsgefahr und einer eventuell nachfolgenden Amputation.
Unter den Novizen war es durchgedrungen, wenn Pater Albert Hochdeutsch spräche, dann werde es ernst, dann könnte man unter Umständen mit einer Entlassung aus dem Noviziat rechnen, und wenn er dann in diesen Tonfall verfiel, zogen die Novizen den Kopf ein und flüsterten sich zu: »De Bein hoch!«

Bruder CLEMENS PLÜCK kam zum Sterben. Pater Albert, damals Prior in Maria Laach, sprach in Abwesenheit seines Abtes Ildefons und im Kreis der umstehenden Mitbrüder die Sterbegebete. Pater Albert, ein gebürtiger Kölner mit Sinn für Humor und mit einem Lebensgefühl voll Melancholie zugleich, erklärte in die Stille des Sterbezimmers: »Ich jlaub, der ist tot!« Bruder Clemens schlug sofort die Augen auf und erklärte: »Euer Vergnügen ist noch nicht soweit. Noch müßt Ihr mich ertragen!«

Bruder WILLIGIS DIRR von Beuron war von Herzen fromm und vom Gottesdienst begeistert. Er hörte bei jeder Predigt, die da-

mals noch vor dem Hochamt gehalten wurde, aufmerksam zu. Er stand am ersten Seitenaltar und schaute unverwandt zur Kanzel hinauf. Er gab manchmal auch kurz und knapp Kommentare ab, die meist den Nagel auf den Kopf trafen.
Als einmal einer der Beuroner Professoren gepredigt hatte, wurde Bruder Willigis gefragt: »Na, wie war denn die Predigt heute?« Nach kurzem Überlegen gab er direkt zur Antwort: »Sehr hoch – aber nicht sehr tief!«

Bruder Willigis war in Beuron über 60 Jahre hindurch ein geschickter, fleißiger und zudem kluger Sakristan. Er brachte die überaus große Fülle der Arbeit in der Kirchensakristei sozusagen alleine zustande und verstand es, die Mitbrüder in richtiger und einfühlsamer Weise einzusetzen.
Es war bisweilen nicht immer leicht, einen Pater zu finden, der eine der vielen Trauungen in der Beuroner Gnadenkapelle übernehmen konnte. Einen der Patres, der dafür bekannt war, gern für die hohen Schichten der Bevölkerung pastoral tätig zu sein, gewann er mit dem Bemerken, morgen müsse ein Graf getraut werden. Sein Name fiele ihm nicht mehr ein; aber er werde ja

schon sehen. Der Pater übernahm die Aufgabe liebend gern und wunderte sich nach der festlichen Ansprache, daß kein Adelstitel genannt wurde. In der Sakristei fragte er Bruder Willigis nach der Trauung: »Sollte nicht ein gräflicher Titel genannt werden? War dies Diskretion?« Bruder Willigis antwortete schlitzohrig: »Doch, Graf ist er, er ist Fotograf. Aber hätte ich Ihnen das gesagt, wären Sie bestimmt nicht gekommen.«

Pater CYRILL VON CORVIN-KRASINSKI (†1992) stammte aus dem polnischen Hochadel. Ende der dreißiger Jahre war er als Weltpriester in Maria Laach eingetreten. Er hatte Ethnologie, Religionswissenschaft und Musik in Paris studiert und anschließend Theologie in Innsbruck. Er sprach perfekt französisch und italienisch, da er Teile seiner Kindheit in Italien zugebracht hatte. Auch während des Krieges lebte Pater Cyrill in Rom. Er war ein anerkannter Religionswissenschaftler. Nach dem Krieg hatte er im Jahre 1948 in Mainz über die »tibetische Medizinphilosophie« doktoriert.
Er hatte vielfältige Kontakte in ganz Europa zu allen Schichten der Bevölkerung, besonders zum Hochadel und unter den Intellektuellen und Wissenschaftlern. Er gehörte

über Jahrzehnte zu den wirklich profund gebildeten und anregenden Mitgliedern des Laacher Konventes. Alle hatten ihn gern. Er war höchst originell und geistreich und hatte immer witzige Anekdoten bereit. Stets geschah mit ihm das sprichwörtlich Ungewöhnliche. Eines Tages erklärte er in seinem köstlichen Deutsch in der Rekreation: »Ich bin ein Zehn-Monate-Kind. Mußte ich schon deshalb als Kind ganz warm eingepackt ruhig im Bett liegen. Und wenn ich im Herbst schlief, legte man mir ins aufgeschüttete Strohbett Birnen. Nach ein paar Tagen waren sie reif. Einmal vergaß man. Nach Tagen lag ich auf Birnenkompott.« »Ja, ja«, meinte er leutselig, »ich bin ein Zehn-Monate-Kind. Aber dafür hatte ich bei meiner Geburt schon einen vollen schwarzen Scheitel und sprach perfekt französisch.«

Professor Marius Schneider, ein bedeutender Musikwissenschaftler aus Köln, erzählte in den sechziger Jahren seinem Schüler, Pater Willibrord Heckenbach: »Ich habe letzthin in Remagen einen Vortrag Ihres Mitbruders Pater Cyrill gehört. Ich muß sagen: Er ist ein Genie, aber verrückt!« Pater Willibrord quittierte das mit einem Lächeln, und beim nächsten Besuch in Maria Laach begegnete

ihm bald übersprudelnd Pater Cyrill, der ihn sofort ansprach und mit seinem köstlichen deutschen Tonfall erklärte: »Pater Willibrord, hab' ich Ihren Lehrer kennengelernt, Professor Schneider. Wissen Sie, er ist verrückt! Aber ein Genie!«

Pater Cyrill schrieb nach dem Krieg seine ethnologische Doktorarbeit über »Tibetische Medizinphilosophie« und hielt sich einige Zeit zur konzentrierten Arbeit auf der sogenannten »Schirmau« auf. Dieses Waldgut liegt drei Fußstunden von Maria Laach entfernt in der Eifel, gehörte damals einem Herrn von der Leyen und war ein im ganzen Laacher Konvent wegen seiner Stille und schönen Lage beliebter Ferienort.
Pater Cyrill beobachtete, daß im Hühnerstall eine ganze Anzahl Zwerghühner lebte. Er schlich sich Tage hindurch morgens in den Stall, entnahm die kleinen Eier, öffnete sie an zwei Stellen mit der Nadel, trank sie aus, füllte sie mit Wasser, schloß sie wieder vorsichtig und legte sie zurück ins Nest. Die damalige Hausdame, die alle Laacher Gäste betreute, klagte bei Pater Cyrill über diese merkwürdige Erscheinung. Fast alle Eier enthielten nur Wasser. Pater Cyrill erklärte treuherzig: »Ach, wissen Sie, wenn Hühner ha-

ben keinen Hahn, kommt in Eier immer nur Wasser!«
Er war und blieb ein Schlitzohr sein Leben lang.

Im Herbst des Jahres 1991, Pater Cyrill war schon 86 Jahre alt, kam er auf Pater Prior zu: »Ah, Pater Prior, brauche Ihren Reisesegen!« In den Benediktinerklöstern ist es allgemein üblich, daß ein Mönch einen eigenen Segen empfängt, wenn er das Kloster verläßt und wenn er zurückkehrt. »Muß ich ein Kind taufen. Vater Abt weiß schon. Mutter von Kind hatte große Schwierigkeiten, wissen Sie, vor Geburt. Durch meine Medizin hat sie Baby bekommen nach fünf Jahren Weizenkeimöl.« Pater Cyrill war besonders bewandert in Naturmittelheilkunde. Pater Prior gab lachend den Segen und erklärte: »Wer wird denn das Kind, lieber Pater Cyrill, beerdigen, wenn es stirbt?« Pater Cyrill, spontan und schlagfertig, hielt gleich die Antwort bereit: »Ist schon gefestigt. Kind ist schon drei Monate alt!«

Eines der größten Originale, das die Mitbrüder in Beuron je gehabt haben, ist Bruder MARKUS HUMMEL. Er starb 1917, und noch immer ist von seiner urwüchsigen, eigenständigen Wesensart die Rede. Er war in dieser Art eine Jahrhunderterscheinung jenseits aller herkömmlichen Normen in höchst origineller Form – schlicht ein Naturkind von einmaliger Urwüchsigkeit. Er stammte von

einem Bauernhof in Schonach, war also ein Schwarzwälder. Generationen seiner Vorfahren stellten Schwarzwälder Uhren her. Von daher hatte Bruder Markus die Fähigkeit, in allen technischen Erfordernissen des Klosters helfend einzuspringen. Er konnte alles, beanspruchte aber seinen eigenen Lebensrhythmus. Meist lebte er auf dem Hof des Klosters, in St. Maurus, als Fischer, Elektriker und Techniker in allen Bereichen. Er lebte intensiv mit der Natur und vor allem mit den Tieren. Er bastelte und schuf mit größter Phantasie. So baute er eine Ameisenburg, in der die Ameisen nach seiner Vorstellung leben sollten. Aber das mißlang verständlicherweise. Auch eine Eule, die er dressieren wollte, mußte er in die Freiheit entlassen. Mehr Glück hatte er mit den Eichhörnchen, die er »Hockerle« nannte. Ihnen versuchte er das Klavierspielen beizubringen, indem er sie über die Tasten einer Glasharmonika springen ließ. Dazu verfaßte er Gelegenheitsgedichte und auch Kirchenlieder.
Eines Tages wurde der Bischof Faulhaber von Speyer zum Erzbischof von München ernannt. Er hielt seine Vorbereitungsexerzitien in St. Maurus. Brevierbetend ging er an der Donau auf und ab. Bruder Markus hatte seine Reusen ausgelegt und seine Angelruten. Er drehte sich dem Erzbischof zu, bis

der reagierte und sagte: »Bruder Markus, fehlt ihnen was? Wollen Sie etwas von mir?« Die Antwort kam sofort: »Ja, Herr Bischof, händse nix zum doa?« »Ja, ja ich bete Bre-

vier.« »Ach, gucked se, i hao no so viel anders Gschäft. Könndet se net helfe, d Fisch vo dr Angel z hola ond nach de Reusa gucka?« Lachend ging Bischof Faulhaber darauf ein. Bruder Markus verschwand.
Etwa eine halbe Stunde später kamen der Erzbischof von Freiburg und der Bischof von Rottenburg mit Erzabt Ildefons von Beuron und wollten dem neuernannten Erzbischof von München ihre Aufwartung in St. Maurus machen. Sie fanden ihn unten am Ufer der Donau winkend vor und lachten über die Episode. Erzabt Ildefons stellte abends Bruder Markus zur Rede und erklärte: »Bruder Markus, was fällt Ihnen denn ein! Sie blamieren uns ja! Das ist doch schrecklich, was Sie da angestellt haben! Wie können Sie so etwas dem Erzbischof von München zumuten? Er hätte doch auch gar nichts fangen können auf diese Art. Und auch sein Brevier hat er nicht richtig beten können.« Bruder Markus erwiderte ganz treuherzig und ruhig: »Dorom isch mir's net gange. I hao bloß seha welle, ob der au demütig ischt.«

Baronin von Haber, die im Beuroner Tal in einer großen Villa lebte, begegnete eines Tages dem Prior von Beuron und erzählte ihm lachend: »Sie, Bruder Markus war wie-

der bei mir. Er arbeitet an einem Schwarzwälder Wetterhäuschen für unseren Garten, höchst originell. Ein Kapuziner mit Schirm kommt vor und eine Schwester in phantasievoller Tracht. Außerdem – so erklärte sie lachend – sagt er immer: »Du, Haber!«
Pater Prior ließ Bruder Markus kommen und unterwies ihn energisch. »Bruder Markus, das geht nicht. Sie können nicht einfach jeden mit ‚du' anreden, und erst recht nicht Frau Baronin. Beim nächsten Mal sagen Sie bitte zu der alten Dame ‚Frau Baronin' und zu ihrer Tochter ‚Fräulein Baronesse'! Verstanden? Ich will nichts anderes mehr hören.«
Beim nächsten Besuch stand Bruder Markus mit hängendem Kopf vor der Tür der Villa. Frau von Haber hatte auf ein Klingelzeichen geöffnet und Bruder Markus erklärte völlig verunsichert: »Gelt, Du bischt a Prinzess!«
Frau von Haber lachte. Das verhalf dem Bruder, seine Fassung wiederzuerlangen. Er korrigierte sich und sagte: »Ha noi! Du bischt jo de Alt!«

Bruder Markus liebte den Beuroner Künstlerpater Otmar Merkle. Er kam oft zu ihm ins Atelier und setzte sich nieder. Zwei kreative Originale hatten sich gefunden.
Eines Tages begegnete Pater Otmar Bruder

Markus, der mit einem riesigen Schal um den Hals, aber furchtbar erkältet und barfuß durch den Schnee kam. Pater Otmar sprach ihn an und sagte unwillig und streng. »Ja,

Bruder Markus, wie können Sie denn im Winter barfuß daherkommen? Kein Wunder, daß Sie so erkältet sind.« Bruder Markus erklärte: »Aber i hao da Schnupfa doch e dr Nas ond net a de Fiaß!«

Bruder Markus war von seiner Schwarzwälder Heimat her gewohnt, barfuß zu gehen. 1831 geboren, trug er noch die Gepflogenheiten des frühen 19. Jahrhunderts in sich. Als ein ausgeprägter Naturbursche tat er sich schwer, andere Lebensgewohnheiten anzunehmen, im Gegenteil! Kurz vor seinem Tod bat er innig darum, ihn ohne Schuhe in den Sarg zu legen. Schuhe seien heidnisch und in seiner katholischen Heimat nicht Brauch gewesen. Barfuß, wie er gelebt, wolle er auch sterben und vor Gott treten. Aber seine Oberen hatten immer wieder versucht, ihn zum Tragen der Schuhe anzuhalten.
Eines Tages hatte Erzabt Ildefons ihm streng den Befehl gegeben, sich an Schuhe zu gewöhnen und sie auch zu tragen.
Bisweilen ging Vater Erzabt damals nach St. Maurus, um an der Mittagsmahlzeit teilzunehmen und mit den dortigen Mitbrüdern Kontakt zu pflegen. Das Tischgebet war schon vorüber. Das Mahl hatte begonnen

und Bruder Markus, der sich ja nie an Termine halten konnte, kam wie öfter zu spät. Als er Vater Erzabt bei Tisch sitzen sah, ging er gleich ein wenig in die Hocke, um seine

bloßen Füße zu verbergen. Vater Erzabt nahm es gelassen hin und rief ihm munter zu: »Ja, Bruder Markus, schon wieder mit bloßen Füßen!« Bruder Markus antwortete schlagfertig: »Jo, Vater Erzobt, wia sollt i wissa, daß Sie heit scho noch St. Maurus kommet!«

Bruder Markus dichtete und komponierte auch mit Leidenschaft. Für ein neues Weihnachtslied wartete er auf die Gelegenheit einer Uraufführung. Diese Möglichkeit ergab sich günstig in der Weihnachtsnacht. Er nahm Platz auf der Galerie, und in der Pause zwischen Metten und mitternächtlichem Hochamt sang er aus Leibeskräften sein neues Weihnachtslied in die Stille der Kirche, die voller andächtiger Menschen war. Die Brüder in den Chorreihen erstarrten, doch sie konnten Bruder Markus so schnell nicht an seinen persönlichen Herzensergüssen hindern. Einem drohenden Donnerwetter entging Bruder Markus dann schnell, indem er nach dem Gottesdienst, noch in der Nacht, nach St. Maurus lief. Doch am nächsten Tag wurde er durch Boten zum Pater Prior bestellt. Ein Mitbruder sah ihn aus der Zelle von Pater Prior kommen und lächeln. Auf die Frage, wie es ihm ergangen sei, meinte Bruder Markus kleinlaut: »Der hott mir d Kuttla putzt!« Und scherzend fügte er mit listigem Blick hinzu: »Aber des Liadle ischt g'songe.«

Bruder Markus, so eigenwillig und kantig er sein konnte, so persönlich fromm war er auch. Als man ihn beim Eintritt in das Noviziat fragte, was ihn bewege, ins Kloster einzutreten, antwortete er ohne Zögern: »Um heilig zu werden!« – Freilich, er wurde ein origineller Heiliger, abseits der kanonischen Normen.

Als er zum Sterben kam, nahm er im Juni 1917 schweren Herzens von seinem geliebten St. Maurus Abschied. Aber er hatte keine Angst vor dem Sterben. Am 17. September 1917 warf ihn eine plötzliche Herzschwäche auf sein Lager. Sein Ende stand offenbar bevor. Die Hausglocke läutete, die Mitbrüder eilten zu seinem Krankenlager. Doch kurz darauf sang er aus Leibeskräften: »Jesus, Dir leb' ich, Jesus, Dir sterb' ich!« Und »Gegrüßet seist Du, Königin«.

Am 19. September 1917 starb er dann, umstanden von den Beuroner Mönchen, die das Profeßwort sangen »Suscipe me, Domine, secundum eloquium tuum et vivam«. »Nimm mich auf, Herr, nach Deinem Worte,

P. Prior

und ich werde leben«. – Selbst im Tode hielt Bruder Markus noch seine eigene Linie ein. Er ging willig ins Himmelreich, aber den Termin machte er offensichtlich mit Gott selbst aus. Später als erwartet und dann unerwartet.

In den fünfziger Jahren stiegen allmählich die Besucherzahlen des Laacher-See-Tals in beachtlicher Weise. Konrad Adenauer war Bundeskanzler in Bonn, der seine alte Verbundenheit mit den Laacher Mönchen durch viele Besuche mit hohen Persönlichkeiten aus der internationalen Politik und Wirtschaft zum Ausdruck brachte. Auch die Schönheit der Eifellandschaft mit ihrem Naturschutzgebiet und die klassische Eleganz der Laacher Romanik zog die Besucher an. Es nahte deutlich die veränderte Zeit der größeren Mobilität und des Tourimus.
Die Laacher Kommunität zog zu den Gottesdiensten in die Abteikirche ein – in gemessener Würde und mit Ernst. Die Reihe war lang damals. Es weilten auch viele benediktinische Studenten in Laach, die an der Philosophischen Hochschule studierten. Die Touristen ließen oft unverhohlen ihre Neugierde spüren. Sie drängten sich an der Kommunionbank und staunten die schwar-

zen Gestalten wie Weltwunder an. Pater GREGOR HEGNER liebte dies gar nicht. Er verfügte aber über eine rheinische Frohnatur und besaß dazu die Gabe, seine Gefühle mit treffendem Witz zu formulieren. Eines Tages schlug er in der Erholungszeit im Garten vor, man solle doch ein großes Schild an der Kommunionbank anbringen mit dem Text:

AUFGEPASST!
DIE LETZTEN ZEHN SIND
ALLESFRESSER!

Die Klosterverwaltung

Autor

Drutmar Cremer
geboren 1930 in Koblenz, Gymnasialjahre im Jesuitenkolleg Bad Godesberg. 1952 Eintritt in die Benediktinerabtei Maria Laach. Philosophische und theologische Studien. 1958 Priesterweihe. 1960 – 1967 Jugendseelsorger in Maria Laach. Seit 1971 Leiter der Kunstwerkstätten und des Kunstverlags Maria Laach. Seit 1991 Prior der Abtei Maria Laach. Zahlreiche Publikationen; Mitarbeit im Rundfunk.

Illustrator

Lukas Ruegenberg
geboren 1928 in Berlin, 1947 – 1951 Kunstakademie Berlin, Schüler von Karl Schmidt-Rottluff und Max Kaus. 1951 Eintritt in die Benediktinerabtei Maria Laach. 1958 – 1962 Studium der Kirchenmalerei an der Kunstakademie München. Meisterschüler von Prof. Franz Nagel. Seit 1965 neben künstlerischem Wirken Sozialarbeit in Köln. Bekannt durch seine Kinderbücher, die er gezeichnet und gemalt hat.

Im Sammeln der Anekdoten und heiteren Geschehnisse aus vier Benediktinerklöstern weiß ich mich verschiedenen Mitschwestern und Mitbrüdern verpflichtet.

Die Geschichten aus Maria Laach habe ich selbst über viele Jahre hin gesammelt. Ich danke dafür vielen Laacher Mitbrüdern. Unter ihnen wäre besonders Pater Leander Kloeppel (†1990) zu nennen.

Die Erzählungen aus der Erzabtei St. Martin in Beuron haben mir zumeist Pater Johannes Schildenberger (†1990) und Pater Drutmar Helmecke geschildert. – Eine ganze Anzahl hat mir mit besonderer Warmherzigkeit Bruder Werner Feger berichtet.

Für die munteren Ereignisse in der Benediktinerinnenabtei Herstelle danke ich herzlich Schwester Mirjam Verheyen

und für jene aus der Benediktinerinnenabtei St. Hildegard, Rüdesheim-Eibingen, Schwester Johanna Isenbart.

DC

Benediktiner aus Maria Laach

Pater Ludger Bernhard
geboren 1912 in Essen-Werden, 1932 Eintritt in Maria Laach, philosophische und theologische Studien in Beuron und Rom, 1938 Priesterweihe. 1947 – 1951 Studium in München (Semitistik, Byzantinistik und Kunde des christlichen Altertums). 1951 – 1959 Dozent in Maria Laach. 1959 – 1982 Dozent und Professor in Salzburg für Fundamentaltheologie und ökumenische Theologie. (S. 74)

Pater Augustinus Böhmer
geboren 1858 in Jülich, Theologiestudium in Innsbruck, Würzburg, Bonn und Eichstätt, 1882 Priesterweihe, Priester der Erzdiözese Köln, 1882 Hausgeistlicher, 1884 – 1897 Kaplan in St. Peter, Köln, 1897 – 1907 Kaplan in Kreuzweingarten, 1909 – 1920 Pfarrer und Dechant an der Münsterkirche Bonn, 1920 Eintritt in Maria Laach, gestorben 1930. (S. 62)

Bruder Tiburtius Görg
geboren 1892 in Essen-Rüttenscheid, 1921 Eintritt in Maria Laach, 1924 Profeß, lange Jahre sorgte er für die Reinigung des Hauses in Maria Laach, zeitweise auch im internationalen Kolleg San Anselmo, Rom, 17 Jahre hindurch Pförtner in Maria Laach, dann viele Jahre tätig auf der ‚Schirmau' und in anderen Laacher Ferienhäusern. November 1992 hundert Jahre alt. (S. 45)

Pater Albert Hammenstede
geboren 1876 in Köln, 1896 Eintritt in Maria Laach, Studien in Maria Laach, Rom, Bonn, Erdington/England, viele klösterliche Ämter, 1921 – 1933 Novizenmeister, 1915 – 1938 Prior in Maria Laach, mehrere Reisen nach Nordamerika, wo er im Zweiten Weltkrieg blieb, Heimkehr 1946, gestorben 1955. (S. 84)

Pater Gregor Hegner
geboren 1928 in Mülheim a. d. Ruhr, 1950 Eintritt in Maria Laach, philosophische und theologische Studien in Maria Laach und Beuron, 1957 Priesterweihe, seit 1964 Tätigkeit in der Klosterverwaltung, 1977 Bestellung zum Steuerberater, mit der er über Laach vielen Ordensgenossenschaften half, 1975 Cellerar in Maria Laach, dort gestorben in der Nacht zum 1. Adventssonntag 1985. (S. 106)

Pater Stephan Hilpisch
geboren 1894 in Waldernbach/Oberlahn, 1914 Eintritt in Maria Laach, philosophische und theologische Studien in Maria Laach und Beuron, 1922 Priesterweihe, 1924 – 1927 Studium der Geschichte in Bonn, in Maria Laach langjähriger Dozent für Kirchengeschichte, dazu Bibliothekar und Chronist, 1953 – 1970 Spiritual der Benediktinerinnen in der Abtei St. Marien/Fulda, gestorben 1971 in Maria Laach. (S. 59)

Pater Michael Hopmann
geboren 1874 in Köln, 1893 – 1899 Studium der Philosophie und Theologie in Bonn und Innsbruck, 1899 Priesterweihe in Köln, 1899 – 1901 Kaplan in Eitorf/Sieg, 1902/03 Kaplan in Köln-Lindenthal, 1903 Eintritt in Maria Laach, 1907 – 1910 Studium der Naturwissenschaft in Bonn, klösterliche Ämter und naturwissenschaftliche Arbeiten und Forschungen, Aufbau einer bekannten Steinsammlung, 1925 – 1938 in den Wintermonaten Lehrer an der Landwirtschaftsschule der Benediktinerabtei Neresheim, gestorben 1962 in Maria Laach. (S. 11)

Pater Cyrill von Korvin-Krasinski
geboren 1905 auf Schloß Mszana Dolna/Galizien, ab 1925 Studium in Paris: Philosophie, Medizin, Musik (Schüler von Igor Strawinski), 1931 – 1936 Studium der

Theologie in Innsbruck, 1936 Priesterweihe, 1937 Eintritt in Maria Laach, während des Krieges in Rom, Studium der Ethnologie, 1947 Rückkehr nach Maria Laach, Profeß, Weiterführung des Studiums. Viele Jahre Dozent für Philosophie in Maria Laach, Jahre hindurch ethnologische Forschungsreisen mit Stipendien des Frobenius-Institutes, Frankfurt / Main, durch europäische und asiatische Länder, gestorben 1992 in Maria Laach. (S. 90)

Bruder Joseph Köster
geboren 1869 in Osnabrück, berufliche Ausbildung und Tätigkeit als Maurer, daneben mit seinem leiblichen Bruder die Betreuung eines Fuhrgeschäfts. 1908 Eintritt in Maria Laach. Kam unter Begleitung seines Bruders mit Pferden und Fuhrwerk, Ergebnis einer geschwisterlichen Gütertrennung, in Maria Laach an. 1912 Profeß. – Jahrzehntelange treue und schweigsame Arbeit in seinem Handwerk in Maria Laach und 1921/22 in San Anselmo, Rom. 1917/18 Militärdienst im Elsaß. Reiche Verdienste um viele Aufbauarbeiten im Kloster am See, gestorben 1960 in Maria Laach. (S. 71)

Pater Beda Krümmel
geboren 1894 in Mayen, 1913 Eintritt in Maria Laach, philosophische und theologische Studien in Maria Laach und Beuron, 1923 Priesterweihe, 1924 – 1927 Studium der Landwirtschaft in Bonn, 1927 – 1967 Leiter der Laacher Landwirtschaft, 1948 – 1956 Cellerar, mehrfach Subprior, gestorben 1967. (S. 75)

Pater Pius Longard
geboren 1884 in Heusweiler/Saar, 1903 Eintritt in Maria Laach, philosophische und theologische Studien in Maria Laach und Beuron, mehrere Ämter in Maria Laach, Seelsorger, gestorben 1954. (S. 56)

Bruder Baptist Noé
geboren in Schlierbach bei Mackenbach, Kreis Malmedy, 1909 Profeß, Bruder Baptist war 44 Jahre hindurch auf dem Laacher Hühnerhof tätig, gestorben 1964. (S. 43)

Pater Joseph Offermann
geboren 1881 in Hammer bei Monschau/Eifel, 1903 Eintritt in Maria Laach, philosophische und theologische Studien in Maria Laach und Beuron, 1909 Priesterweihe in Beuron, 1906 – 1910 Studium der Geographie und Nationalökonomie in Bonn, 1917 – 1920 Studium der Physik, Chemie und Biologie in Bonn, 1912 – 1917 Lehrer in Seckau, 1920 – 1927 in Ettal, 1928 – 1930 in Jerusalem, gestorben 1934 in Maria Laach. (S. 70)

Bruder Barnabas Oettinger
geboren 1898 in Mayen, 1927 Eintritt in Maria Laach, 1930 Profeß, klösterliche Tätigkeiten meist als Anstreicher oder Metzger. Im Zweiten Weltkrieg zur Kriegsmarine eingezogen. Mit seinen geschickten Anlagen Aushilfen in manchen Klöstern der Umgebung und der Beuroner Kongregation. Im Frühjahr 1992 gestorben im 94. Lebensjahr. (S. 65)

Bruder Clemens Plück
geboren 1858 in Rheydt, 1884 Eintritt in die Benediktinerabtei Maredsous, 1888 Profeß, Tätigkeiten in verschiedenen klösterlichen Aufgaben, bei Ausbruch des Ersten Weltkrieges nach Maria Laach übergesiedelt im August 1914, dort zumeist tätig in der Sakristei, gestorben 1939. (S. 87)

Pater Gilbert Rahm
geboren 1885 in Bonn, 1906 Eintritt in Maria Laach, philosophische und theologische Studien in Maria Laach und Beuron, 1913 Priesterweihe, 1916 – 1920 Studium

der Naturwissenschaften in Bonn, Arbeitsgebiet Limnologie, weitere Studien in Leyden, Reise nach Rußland, Habilitation und Privatdozent an der Universität Fribourg / Schweiz, 1929 Professor in Santiago de Chile, große wissenschaftliche Reisen, mehrere Weltreisen, zuletzt als Stipendiat der Rockefeller-Stiftung in Nordamerika, dort 1954 gestorben, beigesetzt in der Benediktinerabtei Newark. (S. 40)

Bruder Tarsitius Rieger
geboren 1885 in Altheim bei Biberach/Württemberg, 1901 Eintritt in Maria Laach, 1907 Profeß, viele klösterliche Tätigkeiten in Garten, Küche, Bäckerei und Sakristei, gestorben 1976. (S. 36)

Pater Anselm Ross
geboren 1900 in Uerdingen, 1920 Eintritt in Maria Laach, philosophische und theologische Studien in Bonn, Maria Laach und Beuron, 1925 Priesterweihe, 1925 – 1929 Studium der Musik am Konservatorium in Köln, sein ganzes Leben hindurch ein begabter und angesehener Organist in Maria Laach, gestorben 1963. (S. 24)

Pater Paulus Volk
geboren 1889 in Hagenau/Elsaß, 1909 Eintritt in Maria Laach, philosophische und theologische Studien in Maria Laach und Beuron, 1917 Priesterweihe, 1915/16 Studium der Geschichte und des deutsch-römischen Rechts in Heidelberg und 1918 – 1921 in Bonn, Forscherleben als Wissenschaftler, gestorben 1976. (S. 78)

Pater Athanasius Wolff
geboren 1931 in Bremen, 1955 Eintritt in Maria Laach, philosophische und theologische Studien in Maria Laach und Beuron, 1960 Priesterweihe, fortführende

Studien in Würzburg, langjähriger Gastpater in Maria Laach, Vortragstätigkeit und seelsorgliche Aufgaben. (S. 68)

Benediktinerinnen aus Eibingen

Schwester Thecla Brand
geboren 1892 in Frankfurt / Main, 1915 Eintritt in die Benediktinerinnenabtei St. Hildegard, Rüdesheim-Eibingen, 1917 ewige Gelübde und Jungfrauenweihe. Sie arbeitete während ihres Klosterlebens an den elektrischen Anlagen des Hauses, im Garten, im Stickatelier und sie betrieb Familienforschung, gestorben 1986 in St. Hildegard. (S. 29)

Schwester Benedikta Huschke
geboren 1868 in Münster/Westfalen, 1900 Eintritt in die Benediktinerinnenabtei St. Gabriel in Prag, 1902 feierliche Gelübde und Jungfrauenweihe. 1904 zur Neugründung nach St. Hildegard in Rüdesheim-Eibingen entsandt. Während ihres Klosterlebens Archivarin, Chronistin, jahrzehntelang Novizenmeisterin. 1944 während des Exils auf Schloß Körtlinghausen in Westfalen gestorben. (S. 54)

Benediktinerinnen aus Herstelle

Schwester Bonifatia Brügge
geboren 1894 in Iserlohn, 1919 Eintritt in die Benediktinerinnenabtei vom Hl. Kreuz in Herstelle (damals noch Benediktinerinnenkloster von der Ewigen Anbetung), 1924 feierliche Profeß und Jungfrauenweihe. Während ihres Klosterlebens Subpriorin, Priorin, Seniorin, Annalistin und langjährige Novizenmeisterin, gestorben 1974 in Herstelle. (S. 52)

Schwester Norberta Giebeler
geboren 1891 in Elsen, Kreis Paderborn, 1914 Eintritt in die Benediktinerinnenabtei vom Hl. Kreuz in Herstelle (damals noch Benediktinerinnenkloster von der Ewigen Anbetung), 1916 ewige Profeß, 1962 feierliche Profeß und Jungfrauenweihe. Sie arbeitete in der Ökonomie, gestorben 1968 in Herstelle. (S. 65)

Schwester Maria-Gonzaga Heine
geboren 1890 in Lüchtringen, Kreis Höxter, 1912 Eintritt in die Benediktinerinnenabtei vom Hl. Kreuz in Herstelle (damals noch Benediktinerinnenkloster von der Ewigen Anbetung), 1914 ewige Profeß, 1962 feierliche Profeß und Jungfrauenweihe. Sie arbeitete als Gehilfin bei den Tieren im Stall, im Stickzimmer und in der Hausmeisterei als passionierte Anstreicherin, gestorben 1978 in Herstelle. (S. 51)

Benediktiner aus Beuron

Erzabt Benedikt Baur
geboren 1877 in Mengen, Eintritt in Beuron, Profeß 1898, philosophische Studien in Maria Laach, Theologie in Rom, 1904 Dr. theol. Zunächst Dozent in Rom, dann Rektor am griechischen Kolleg St. Athanasius in Rom, Lehrer am Gymnasium in Engelberg/Schweiz, am Benediktinerkolleg St. Benedikt/Salzburg, Professor in St. Anselm in Rom. 1938 Erzabt von Beuron. Autor zahlreicher Erbauungsbücher mit hohen Auflagen und Übersetzungen in verschiedene Fremdsprachen. 1955 Amtsverzicht, gestorben 1963. (S. 40)

Bruder Willigis Dirr
geboren 1871 in Großkuchen bei Neresheim. Lehre als Wagner, als Geselle auf Wanderschaft arbeitete er in

Nördlingen, Wasseralfingen, Bad Cannstadt und Hechingen, 1895 Klostereintritt in Beuron, 1897 Profeß. Zunächst halbtags in der Wagnerei, halbtags in der Sakristei, 1906–1955 Sakristan, gestorben 1956. (S. 87)

Pater Alban Dold
geboren 1882 in Villingen/Schwarzwald, Eintritt in Beuron, Profeß 1903. Philosophische und theologische Ausbildung in Maria Laach und Beuron. Priesterweihe 1907. Erste liturgische Veröffentlichungen 1910. Ab 1917 erscheint die wissenschaftliche Reihe TEXTE UND ARBEITEN. Die Reihe (insgesamt 53 Nummern) wird nicht nur von ihm betreut, die meisten Veröffentlichungen tragen seinen Namen. Er entdeckt die Palimpsestphotographie. Auf seine Veranlassung hin werden die wissenschaftlichen Vorarbeiten von Pfarrer Denk für die Vetus Latina durch Beuron übernommen; er gibt somit den Anstoß für das Jahrhundertwerk der Herausgabe der Vetus Latina. Zu seinem 70. Geburtstag 1952 umfaßt seine Bibliographie 122 Nummern. Ehrendoktor der phil. Fakultät in Freiburg/Schweiz 1938, Ehrendoktor der theol. Fakultät in Tübingen 1948. Gestorben 1960 in Beuron. (S. 34)

Pater Kilian Heelein
geboren 1860 in Würzburg. Nach Realschule zwei Jahre Praktikant auf der Landwirtschaft des Großvaters. 1880/81 landwirtschaftliche Hochschule in Weihenstephan bei Freising. 1881 – 1888 Gymnasialstudien in Einsiedeln, dann Eintritt in Beuron. Profeß 1889, Priesterweihe 1892. 1895 – 1899 zur Neugründung nach Maria Laach entsandt, 1904 – 1909 zur Gründung St. Joseph in Gerleve. 1912 kurze Aushilfe in der Abtei auf dem Sion/Jerusalem, 1919 in der Abtei Niederaltaich. Außer seelsorglichen Aufgaben übernahm er in den Abteien meist die Aufgabe des Gastpaters oder Coquus. Gestorben 1935 in Beuron. (S. 79)

Pater Kilian Heelein
geboren 1860 in Würzburg. Nach Realschule zwei Jahre Praktikant auf der Landwirtschaft des Großvaters. 1880/81 landwirtschaftliche Hochschule in Weihenstephan bei Freising. 1881 – 1888 Gymnasialstudien in Einsiedeln, dann Eintritt in Beuron. Profeß 1889, Priesterweihe 1892. 1895 – 1899 zur Neugründung nach Maria Laach entsandt, 1904 – 1909 zur Gründung St. Joseph in Gerleve. 1912 kurze Aushilfe in der Abtei auf dem Sion/Jerusalem, 1919 in der Abtei Niederaltaich. Außer seelsorglichen Aufgaben übernahm er in den Abteien meist die Aufgabe des Gastpaters oder Coquus. Gestorben 1935 in Beuron. (S. 79)

Bruder Markus Hummel
geboren 1831 in Schönwald bei Triberg, Eintritt in Beuron, Profeß 1870. Zunächst in mehreren Werkstätten tätig, dann für 30 Jahre in St. Maurus, gestorben 1917. (S. 95)

Pater Willibrord Jaspers
geboren 1926 in Heidelberg, philosophische und theologische Studien in Freiburg i. Breisgau, Eintritt in Beuron, Profeß 1950. Weitere theologische Studien in Beuron, Priesterweihe 1953. Mitarbeiter im Vetus-Latina-Institut, seit langen Jahren als Infirmar zuständig für die Kranken im Kloster. (S. 39)

Pater Gotthard Kloker
geboren 1881 in Bremelau bei Münsingen als 17. Kind seiner Mutter. 1903 Eintritt in Beuron, Profeß 1905, Priesterweihe 1911. Studium der Philosophie in Maria Laach, Theologie in Beuron. In Straßburg studierte er Altes und vor allem Neues Testament. Ab 1914 Dozent an der Beuroner Theologischen Hochschule zunächst für Altes und dann bis an sein Lebensende 41 Jahre lang Neues Testament. Gestorben 1955. (S. 31)

Pater Desiderius Lenz
geboren 1832 in Haigerloch. Nach der Lehre im väterlichen Schreinerbetrieb geht er an die Modellierschule des Münchner Polytechnikums. 1852 Schüler der Akademie der Bildenden Künste in München, Abschluß mit Auszeichnung und Preis 1857. Berufung an die Königl. Kunstgewerbeschule nach Nürnberg, 1862 – 1865 mit preußischem Staatsstipendium nach Rom. 1868 erster Besuch in Beuron. Auftrag zum Bau der St. Maurus-Kapelle, 1870 vollendet. 1872 Kunstoblate in Beuron, Profeß 1878 und Subdiakonatsweihe 1891. Gründung der Beuroner Kunstschule mit Gabriel Wüger, Fridolin Steiner und anderen. Arbeiten in Beuron, Montecassino, in der Abteikirche Emaus/Prag, in der Marienkirche/Stuttgart. Verschiedene Ausstellungen: Wien (1905), Aachen (1907), Düsseldorf (1909), Regensburg (1911). Gestorben 1928 in Beuron. (S. 70)

Pater Plazidus Pflumm
geboren 1874 in Schlatt/Hohenzollern. Nach Abitur 1893 in Sigmaringen Theologiestudent in Freiburg. 1895 Eintritt in Beuron, Profeß 1896, Priesterweihe 1900. Theologisches Studium in St. Anselm in Rom, 1901 Lizenziat. Dozent der Moraltheologie in Beuron, Kleriker-Präfekt und 1904/05 Novizenmeister. Unterbrechung der Lehrtätigkeit aus gesundheitlichen Gründen, Erholung in Kempen/Niederrhein und Seckau. Wiederholte Versuche, die Lehrtätigkeit erneut aufzunehmen, scheitern an seiner Gesundheit. Aufenthalt in Neresheim, in Kempen und als Spiritual in Kellenried. Seit 1946 endgültig in Beuron. Gestorben 1964. (S. 66)

Pater Leo Sattler
geboren 1861 in Niederwalluf bei Eltville/Rheingau. 1878 Novize der Gesellschaft Jesu. 1880 Profeß. Rhetorische und humanistische Studien in Wynandsrade/Holland, philosophische Studien in Blijenbeck und

die Zeitschrift »Katholische Mission«. 1889 Eintritt in Beuron. 1890 Profeß, 1892 Priesterweihe.1892 zur Gründung nach Maria Laach gesandt. 1896 nach Emaus/Prag (Lehrer an der Oblatenschule). 1909 als Gründungsmitglied nach Gerleve geschickt, nach Erkrankung 1905 wieder in Beuron. Prediger und Exerzitienmeister, verschiedene schriftstellerische Arbeiten, eine Zeitlang Spiritual in Tettenweis. Gestorben 1937. (S. 54)

Bruder Isidor Völkle
geboren 1880 in Glashütten/Kreis Säckingen, Lehre als Nagelschmied in der Werkstatt des Vaters, danach Wanderschaft durch die Schweiz und das Elsaß. Nach dem Militärdienst 1901 –1904 selbständiger Hufschmied in Rielasingen/Hegau. Nach dem Ersten Weltkrieg Eintritt in Beuron, Profeß 1922. Bis zu seinem Tode 1966 in der Klosterschmiede tätig. (S. 26)